# 全新！我的第一本
# 自然發音記單字

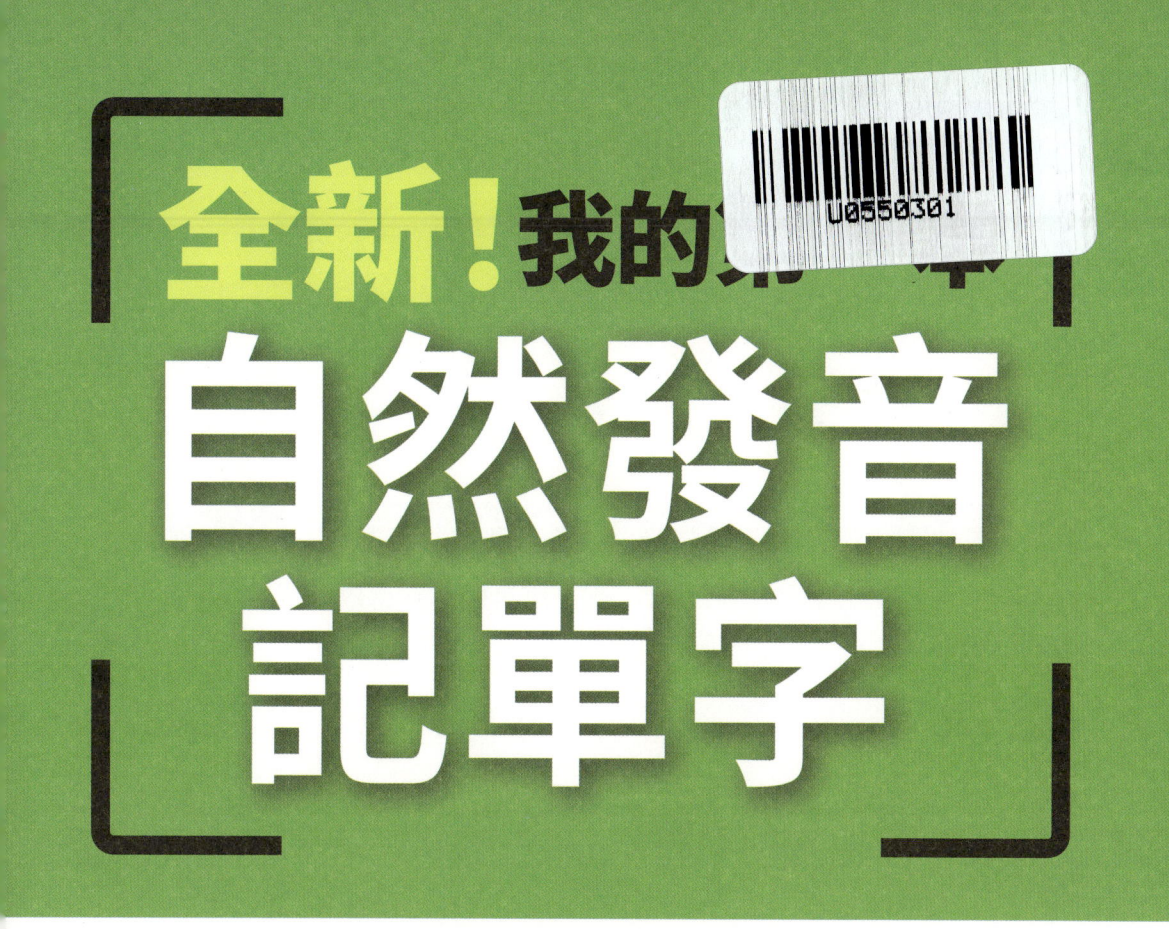

全音檔下載導向頁面

https://globalv.com.tw/mp3-download-9789864544516/

掃描QR碼進入網頁（須先註冊並保持登入）後，按「全書音檔下載請按此」，可一次性下載音檔壓縮檔，或點選檔名線上播放。全MP3一次下載為zip壓縮檔，若手機出現「不支援的檔案類型」訊息，請按右上角三點圖示後，再按清單中的「下載」。此為大型檔案，建議使用WIFI連線下載，以免占用流量，並請確認連線狀況，以利下載順暢。

## 使用說明

### 史上最輕鬆的**漸進式單字記憶法**！
### 看、聽、笑、唱、記，教你 3 秒拼出單字！
### 學自然發音同時記住單字！

學會自然發音就能同時記住 2000 個以上的單字
精通11個國家語言的英國牛津大學學生也認為用唱的學語言最快又不易忘!!

### step 1 看圖、聽口訣，哈哈大笑記住發音規則

**用圖片、節奏輕鬆記住基本發音**

「看圖＋聽節奏口訣」最能幫助快速記憶，不知不覺就記住自然發音規則與字母的關係。以往難唸的基本發音，在潛移默化下馬上就記住。

用 Rap 記憶自然發音口訣，例如：

E 媽媽和 A 媽媽都跑第一[iii]

**用幽默故事記住發音規則**

以幽默的故事結合發音規則，輕鬆就記住拼字結構中的發音規則。太多的理論記不住，就用幽默故事來提醒你「ea 唸成 [i]」，單字一看就會唸。

發音記憶規則，例如：

母音 ea 一起出現時，都唸成「i」

用故事記發音規則超輕鬆：

e 媽媽和 a 媽媽『一』起跑第一，所以 ea 唸成「i」

### step 2 用 RAP 節奏強化記憶，用唱的學會多國語言更容易!!

在許多單字中發現固定的發音規則後，記單字就變得非常輕鬆，還能達到長久記憶的效果，完全打通記單字的任督二脈。精通11國語言的英國牛津大學男孩羅林斯也說，學語言如果有音樂旋律唱，記單字超級輕鬆自然事半功倍！

**聽 Rap 記單字：**

一邊聽 Rap，一邊注意字母 ea [i] 的發音，就能很快把單字記住喔！

| | |
|---|---|
| ea**ch** 每一個 | e.a e.a，[iii]，c.h c.h，[tʃ tʃ tʃ]，e.a.ch，[itʃ itʃ]，each |

**step 3** 基礎發音延伸單字，一個音記更多新單字

學會簡單單字後，繼續用同樣的規則與Rap的律動來記更多單字。趁著記憶猶新你還能記更多複雜單字。例如學會「seat」這個單字後，就可以記住sea、seafood、season等單字，達到「學習新單字、複習舊單字」！

**ea [i]**

**seat** 座位

| | | |
|---|---|---|
| **sea** | [si] | 海 |
| **sea**food | [ˋsi‚fud] | 海鮮 |
| **sea**son | [ˋsizn̩] | 季節 |

**step 4** 音節拼字練習＋例句學習，「聽＆說」就能永生難忘

將剛學的複雜單字按音節拆開，重新複習拼字、發音。從單字延伸到例句，透過單字字義、拼字、生活例句的音檔，有助於強化拼字與字義的緊密連結，同時加深單字的印象與記憶。

按音節發音與拼字，不用背就記的住，例如：

老鷹　**ea ＋ gle ＝ eagle**

The **eagle** is flying in the sky.
老鷹在天空飛翔。

**step 5** 更多新單字，一口氣就背完

掌握了以自然發音規則來記單字的技巧，看到什麼單字你都會唸，唸完就會拼。本書歸納了更多新單字，用學到的規則，一邊指，一邊唸，一口氣唸完就記住。

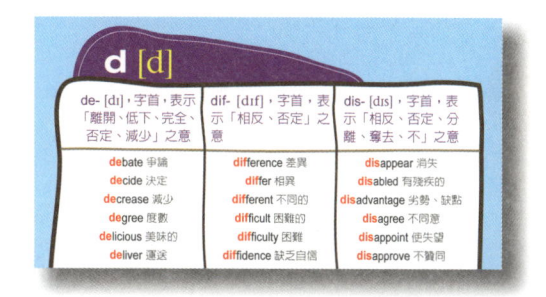

**d [d]**

| de- [dɪ]，字首，表示「離開、低下、完全、否定、減少」之意 | dif- [dɪf]，字首，表示「相反、否定」之意 | dis- [dɪs]，字首，表示「相反、否定、分離、奪去、不」之意 |
|---|---|---|
| **de**bate 爭論 | **dif**ference 差異 | **dis**appear 消失 |
| **de**cide 決定 | **dif**fer 相異 | **dis**abled 有殘疾的 |
| **de**crease 減少 | **dif**ferent 不同的 | **dis**advantage 劣勢、缺點 |
| **de**gree 度數 | **dif**ficult 困難的 | **dis**agree 不同意 |
| **de**licious 美味的 | **dif**ficulty 困難 | **dis**appoint 使失望 |
| **de**liver 遞送 | **dif**fidence 缺乏自信 | **dis**approve 不贊同 |

**step 6** 精心整理方便查閱的索引

按照A到Z順序的單字索引，超過2000以上的單字。以「教育部公布基礎單字」為基礎，非常適合初學者，以及想要幫助小朋友學習英文的家長或老師們。

**索引 Index**　＊藍色字為教育部國中英文單字2000內之單字

**A**

| | | | |
|---|---|---|---|
| | airmail ............... 23 | | around ............... 66 |
| | airplane ............. 23 | | arrive ............... 113 |
| | airport ............... 23 | | artist ............... 38 |
| aboard ............. 196 | alarm ................. 68 | | ask ................. 126 |
| abroad ............. 196 | albums ............. 229 | | asleep ............... 66 |
| absent ............. 261 | alike .................. 66 | | assistance ......... 67 |
| acceptable ........ 66 | alive .................. 66 | | assistant ........... 67 |
| accuse ............. 252 | all ..................... 35 | | associate ......... 261 |
| across ............... 66 | almost ............... 67 | | assume ............ 263 |
| action ................ 17 | | | |

# 目錄

使用說明 ............................................................... 2

**A**

LESSON 1　a 發音為 [æ] 的單字 ............................................. 10

LESSON 2　a 發音為 [æ] 的單字 ............................................. 14

LESSON 3　a 發音為 [æ] 的單字 ............................................. 18

LESSON 4　a 發音為 [ɜ] 的單字 ............................................. 22

LESSON 5　a 發音為 [ɜ] 的單字 ............................................. 26

LESSON 6　a 發音為 [ə] 的單字 ............................................. 30

LESSON 7　a 發音為 [ɔ] 的單字 ............................................. 34

LESSON 8　a 發音為 [ɑ] 的單字 ............................................. 38

LESSON 9　a 發音為 [e] 的單字 ............................................. 42

**B**

LESSON 10　b 發音為 [b] 的單字 ............................................ 46

**C**

LESSON 11　c 發音為 [k] 的單字 ............................................ 50

LESSON 12　c 發音為 [k] 的單字 ............................................ 54

LESSON 13　c 發音為 [s] 的單字 ............................................ 58

LESSON 14　ch 發音為 [tʃ] 的單字 .......................................... 62

Column 符合 A、B、C 發音規則的其他單字 ............................ 66

**D**

LESSON 15　d 發音為 [d] 的單字 ............................................ 70

## E

LESSON 16　**e** 發音為 [ɛ] 的單字 .................................... **74**

LESSON 17　**ee** 發音為 [i] 的單字 .................................. **78**

LESSON 18　**ea** 發音為 [i] 的單字 .................................. **82**

LESSON 19　**er** 發音為 [ɚ] 的單字 .................................. **86**

**Column 符合D、E發音規則的其他單字** .................................. **90**

## F

LESSON 20　**f** 發音為 [f] 的單字 .................................... **92**

## G

LESSON 21　**g** 發音為 [g] 的單字 .................................... **96**

LESSON 22　**g** 發音為 [dʒ] 的單字 ................................. **100**

## H

LESSON 23　**h** 發音為 [h] 的單字 .................................. **104**

## I

LESSON 24　**i** 發音為 [ɪ] 的單字 ................................... **108**

LESSON 25　**i** 發音為 [aɪ] 的單字 .................................. **112**

LESSON 26　**ir** 發音為 [ɝ] 的單字 .................................. **116**

**Column 符合F、G、H、I發音規則的其他單字** ......................... **120**

LESSON 27　j 發音為 [dʒ] 的單字 ......122

LESSON 28　k 發音為 [k] 的單字 ......126

LESSON 29　l 發音為 [l] 的單字 ......130
LESSON 30　l 發音為 [l] 的單字 ......134

LESSON 31　m 發音為 [m] 的單字 ......138
LESSON 32　m 發音為 [m] 的單字 ......142

LESSON 33　n 發音為 [n] 的單字 ......146
LESSON 34　n 發音為 [n] 的單字 ......150
LESSON 35　ng 發音為 [ŋ] 的單字 ......154

LESSON 36　o 發音為 [ɑ] 的單字 ......158
LESSON 37　o 發音為 [o] 的單字 ......162
LESSON 38　o 發音為 [ɔ] 的單字 ......166
LESSON 39　o 發音為 [ə] 的單字 ......170
LESSON 40　o 發音為 [ʌ] 的單字 ......174
LESSON 41　oo 發音為 [u] 的單字 ......178

LESSON 42　**oo** 發音為 [ʊ] 的單字 ...... **182**

LESSON 43　**ow** 發音為 [aʊ] 的單字 ...... **186**

LESSON 44　**oy** 發音為 [ɔɪ] 的單字 ...... **190**

Column 符合M、N、O發音規則的其他單字 ...... **194**

**P**

LESSON 45　**p** 發音為 [p] 的單字 ...... **202**

LESSON 46　**ph** 發音為 [f] 的單字 ...... **206**

**Q**

LESSON 47　**qu** 發音為 [kw] 的單字 ...... **210**

**R**

LESSON 48　**r** 發音為 [r] 的單字 ...... **214**

Column 符合P、Q、R發音規則的其他單字 ...... **218**

**S**

LESSON 49　**s** 發音為 [s] 的單字 ...... **220**

LESSON 50　**s** 發音為 [ʒ] 的單字 ...... **224**

LESSON 51　**s** 發音為 [z] 的單字 ...... **228**

LESSON 52　**sh** 發音為 [ʃ] 的單字 ...... **232**

**T**

LESSON 53　**t** 發音為 [t] 的單字..................236

LESSON 54　**th** 發音為 [θ] 的單字..................240

LESSON 55　**th** 發音為 [ð] 的單字..................244

**U**

LESSON 56　**u** 發音為 [ʌ] 的單字..................248

LESSON 57　**u** 發音為 [ju] 的單字..................252

LESSON 58　**ur** 發音為 [ɝ] 的單字..................256

Column 符合S、T、U發音規則的其他單字..................260

**V**

LESSON 59　**v** 發音為 [v] 的單字..................264

**W**

LESSON 60　**w** 發音為 [w] 的單字..................268

LESSON 61　**wh** 發音為 [hw] 的單字..................272

**X**

LESSON 62　**x** 發音為 [ks] 的單字..................276

Column 符合V、W、X發音規則的其他單字..................280

**Y**

LESSON 63　**y** 發音為 [j] 的單字..................282

LESSON 64　**y** 發音為 [aɪ] 的單字 ...... 286
LESSON 65　**y** 發音為 [ɪ] 的單字 ...... 290

Column 符合Y發音規則的其他單字 ...... 294

LESSON 66　**z** 發音為 [Z] 的單字 ...... 296

索引 ...... 300

備註：b、d、e 等空心虛字代表字母不發音。

## 學會自然發音

**字母 a**

**發音符號 [æ]**

### Rap記憶口訣

## A小妹 沒禮貌
## 說起話來 [æ æ æ]

### 發音規則

子音 + a + 子音，a 唸成 [æ]

### 用故事記發音規則

a 媽媽前面抱著一個兒子，後面背著一個兒子，一邊追著公車，一邊喊：「æ æ æ 等等我呀！」

### 聽rap記單字

一邊聽 rap，一邊注意字母 a [æ] 的發音，就能很快把單字記住喔！

|  |  |  |
|---|---|---|
| 1 | **b**ad 壞的 | 字母 b，[bbb]，字母 a，[æ æ æ]，b.a b.a，[bæ bæ bæ]，bad |
| 2 | **c**at 貓 | 字母 c，[kkk]，字母 a，[æ æ æ]，c.a c.a，[kæ kæ kæ]，cat |
| 3 | **p**ass 經過 | 字母 p，[ppp]，字母 a，[æ æ æ]，p.a p.a，[pæ pæ pæ]，pass |
| 4 | **r**at 老鼠 | 字母 r，[rrr]，字母 a，[æ æ æ]，r.a r.a，[ræ ræ ræ]，rat |

## bad 壞的

| badminton | [ˋbædmɪntən] | 羽毛球 |
| balcony | [ˋbælkənɪ] | 陽台 |
| band | [bænd] | 樂團 |

**bad**minton

## cat 貓

| camp | [kæmp] | 露營 |
| can | [kæn] | 罐子 |
| cap | [kæp] | 棒球帽 |

**ca**mp

### a [æ]

## pass 經過

| pan | [pæn] | 平底鍋 |
| past | [pæst] | 過去 |
| pattern | [ˋpætɚn] | 花樣 |

**pa**n

## rat 老鼠

| rabbit | [ˋræbɪt] | 兔子 |
| rap | [ræp] | 饒舌歌 |
| rapid | [ˋræpɪd] | 快速的 |

**ra**bbit

11

**用聽的記單字，不用背就記的住！**

bad + min + ton = badminton

羽毛球

I play **badminton** with my friends every weekend. 我每週末都和朋友打羽毛球。

bal + co + ny = balcony

陽台

I love reading on the **balcony**.
我喜歡在陽台上閱讀。

ban + d = band

樂團

He has set up a **band**.
他成立了一個樂團。

cam + p = camp

露營

They are **camping** in the countryside.
他們在鄉下露營。

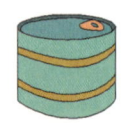

ca + n = can

罐子

Those **cans** are on the kitchen shelf.
那些罐頭在廚房的架子上。

ca + p = cap

棒球帽

She is wearing a **cap**.
她戴著一頂棒球帽。

**pa** + **n** = **pan**

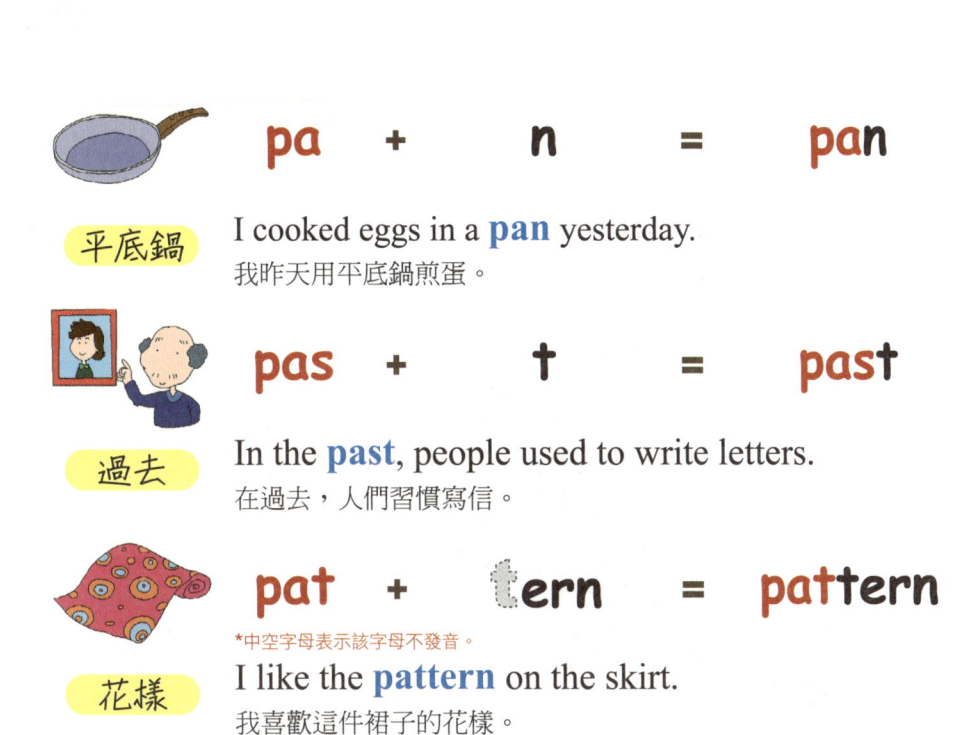

平底鍋

I cooked eggs in a **pan** yesterday.
我昨天用平底鍋煎蛋。

**pas** + **t** = **past**

過去

In the **past**, people used to write letters.
在過去，人們習慣寫信。

**pat** + **t**ern = **pattern**

*中空字母表示該字母不發音。

花樣

I like the **pattern** on the skirt.
我喜歡這件裙子的花樣。

**rab** + **b**it = **rabbit**

兔子

The **rabbit** is jumping into the hole.
兔子正往洞裡跳進去。

**ra** + **p** = **rap**

饒舌歌

Do you like **rap** music? 你喜歡饒舌歌嗎？

**rap** + **id** = **rapid**

快速的

There're some **rapid** changes in the environment.
環境上有些很快速的改變。

13

# a [æ]　　發音規則　子音＋a＋子音，a 唸[æ]

| | 聽rap記單字 | 一邊聽 rap，一邊注意字母 a [æ] 的發音，就能很快把單字記住喔！ |
|---|---|---|
| 1 | **fat** 肥的 | 字母 f，[fff]，字母 a，[æææ]，<br>f.a f.a，[fæ fæ fæ]，fat |
| 2 | **bat** 蝙蝠 | 字母 b，[bbb]，字母 a，[æææ]，<br>b.a b.a，[bæ bæ bæ]，bat |
| 3 | **pack** 打包 | 字母 p，[ppp]，字母 a，[æææ]，<br>p.a p.a，[pæ pæ pæ]，pack |
| 4 | **bag** 袋子 | 字母 b，[bbb]，字母 a，[æææ]，<br>b.a b.a，[bæ bæ bæ]，bag |

## fat 肥的

| | | |
|---|---|---|
| **fa**ctory | [ˋfæktərɪ] | 工廠 |
| **fa**n | [fæn] | 扇子 |
| **fa**st | [fæst] | 快的 |

factory

## bat 蝙蝠

| | | |
|---|---|---|
| **ba**nk | [bænk] | 銀行 |
| **ba**sket | [ˋbæskɪt] | 籃子 |
| **ba**th | [bæθ] | 浴盆 |

bank

## a [æ]

## pack 打包

| | | |
|---|---|---|
| **pa**t | [pæt] | 輕拍 |
| **pa**rrot | [ˋpærət] | 鸚鵡 |
| **pa**th | [pæθ] | 路徑 |

pat

## bag 袋子

| | | |
|---|---|---|
| **ba**ck | [bæk] | 背部 |
| **ba**cteria | [bækˋtɪrɪə] | 細菌 |
| **ba**lance | [ˋbæləns] | 平衡 |

back

15

用聽的記單字，不用背就記的住！

fac + to + ry = factory

工廠

The **factory** workers ordered hamburgers for lunch. 那間工廠的工人訂了漢堡當午餐。

fa + n = fan

扇子

I can't live without electric **fans** in summer. 夏天沒有電風扇我就活不下去。

fas + t = fast

快地

He runs **fast** when he plays basketball. 他打籃球時跑得很快。

ban + k = bank

銀行

The **bank** is next to the post office. 那家銀行就在郵局旁邊。

bas + ket = basket

籃子

There are five apples in the **basket**. 那個籃子裡有五顆蘋果。

ba + th = bath

浴盆

The little girl plays with her toys in the **bath**. 小女孩在澡盆裡玩玩具。

pa + t = pat

輕拍  Mom **pats** me on the back. 媽媽輕拍我的背。

par + rot = parrot

鸚鵡  He has a pet **parrot** named Cutie.
他有一隻名叫小可愛的寵物鸚鵡。

pa + th = path

路徑  They take a walk down the garden **path**.
他們在花園小徑散步。

ba + ck = back

背部  I hurt my **back** while lifting a heavy box.
我在搬重箱子的時候傷了我的背。

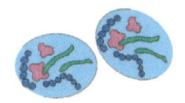

bac + te + ri + a = bacteria

細菌  Wash your hands carefully to prevent **bacteria**.
要仔細的洗手來防止細菌。

bal + ance = balance

平衡  We should **balance** our income and expenses.
我們應該要讓我們的收支平衡。

17

# a [æ]

**發音規則** 子音＋a＋子音，a 唸[æ]

mad → man
land →
← sad

| 聽rap記單字 | 一邊聽 rap，一邊注意字母 a [æ] 的發音，就能很快把單字記住喔! |
|---|---|
| 1 **mad** 生氣的 | 字母 m，[mmm]，字母 a，[æææ]，<br>m.a m.a，[mæ mæ mæ]，mad |
|  2 **man** 男人 | 字母 m，[mmm]，字母 a，[æææ]，<br>m.a m.a，[mæ mæ mæ]，man |
|  3 **sad** 難過的 | 字母 s，[sss]，字母 a，[æææ]，<br>s.a s.a，[sæ sæ sæ]，sad |
|  4 **land** 陸地 | 字母 l，[lll]，字母 a，[æææ]，<br>l.a l.a，[læ læ læ]，land |

18

## mad 生氣的

| mask | [mæsk] | 面具 |
| mat | [mæt] | 地墊 |
| match | [mætʃ] | 火柴 |

mask

## man 男人

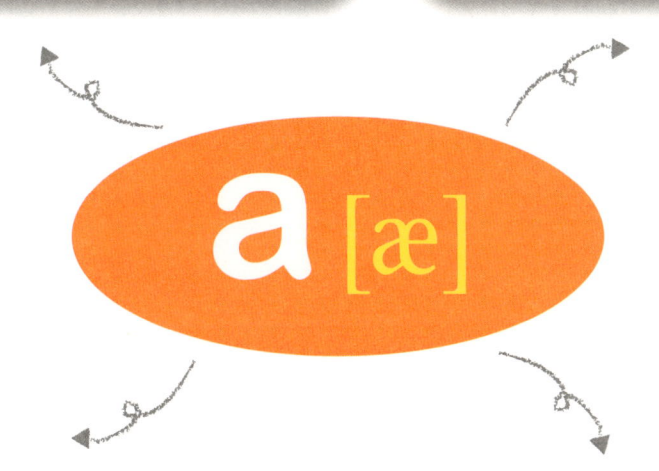

| magazine | [ˌmæɡəˈzin] | 雜誌 |
| mango | [ˈmæŋɡo] | 芒果 |
| map | [mæp] | 地圖 |

magazine

# a [æ]

## sad 難過的

| salad | [ˈsæləd] | 沙拉 |
| sand | [sænd] | 沙 |
| satisfy | [ˈsætɪsˌfaɪ] | 滿足 |

salad

## land 陸地

| lack | [læk] | 缺乏 |
| lamp | [læmp] | 燈泡 |
| lantern | [ˈlæntɚn] | 燈籠 |

lack

**用聽的記單字，不用背就記的住！**

mas + k = mask

面具

She wore a **mask** at the costume party.
她在化妝舞會上戴了面具。

ma + t = mat

地墊

Oh my God! Jimmy has poured coffee on my new **mat**!
天啊！吉米把咖啡潑在我新買的地墊上！

mat + ch = match

火柴

Dad has been collecting **match** boxes for years.
爸爸收集火柴盒已經好幾年了。

mag + a + zine = magazine

雜誌

I read a fashion **magazine** every month.
我每個月讀一本時尚雜誌。

man + go = mango

芒果

She likes to have **mango** slush after meal.
她喜歡在飯後來杯芒果冰沙。

ma + p = map

地圖

Do you know how to read this **map**?
你知道怎麼看這張地圖嗎？

20

**sal** + **ad** = **salad**

沙拉

People who want to lose weight often eat **salad**.
想減肥的人常吃沙拉。

**san** + **d** = **sand**

沙

We went to the beach and built a **sand** castle.
我們去海邊堆沙堡。

**sat** + **is** + **fy** = **satisfy**

滿足

Only flowers **satisfy** the picky girl.
只有花朵滿足那位挑剔的女孩。

**la** + **ck** = **lack**

缺乏

People who **lack** exercises get fat easily.
缺乏運動的人容易發胖。

**lam** + **p** = **lamp**

燈（泡）

The **lamp** in her room doesn't work.
她房間的那盞燈壞了。

**lan** + **tern** = **lantern**

燈籠

She made a pumpkin **lantern** for Halloween.
她做了一個萬聖節南瓜燈籠。

## 學會自然發音

**字母 a**
**發音符號 [ɛ]**

### Rap記憶口訣

# A小妹 說笑話
# 空氣好冷ㄟ [ɛɛɛ]

### 發音規則

-air-，有可能唸 [ɛr]

### 用故事記發音規則

a 小妹愛講冷笑話，空氣好冷『ㄟ』，所以唸成 [ɛ]。

### 聽rap記單字

一邊聽 rap，一邊注意字母 a [ɛ] 的發音，就能很快把單字記住喔！

| | | |
|---|---|---|
| 1 | **f**air 金黃色（髮） | 字母 f，[fff]，a.i.r，[ɛr ɛr ɛr]，f.a.i.r，[fɛr fɛr]，fair |
| 2 | **h**air 頭髮 | 字母 h，[hhh]，a.i.r，[ɛr ɛr ɛr]，h.a.i.r，[hɛr hɛr]，hair |
| 3 | **p**air 一對 | 字母 p，[ppp]，a.i.r，[ɛr ɛr ɛr]，p.a.i.r，[pɛr pɛr]，pair |
| 4 | **ch**air 椅子 | c.h c.h，[tʃ tʃ tʃ]，a.i.r，[ɛr ɛr ɛr]，c.h.a.i.r，[tʃɛr tʃɛr]，chair |

22

## fair 金黃色(髮)

| stairs | [stɛrz] | 階梯 |
| downstairs | [ˌdaʊnˋstɛrz] | 樓下 |
| upstairs | [ˋʌpˋstɛrz] | 樓上 |

stairs

## hair 頭髮

| hairdryer | [ˋhɛrˌdraɪɚ] | 吹風機 |
| haircut | [ˋhɛrˌkʌt] | 剪頭髮 |
| repair | [rɪˋpɛr] | 修理 |

hairdryer

# air [ɛr]

## pair 一對

| airlines | [ˋɛrˌlaɪnz] | 航空公司 |
| airplane | [ˋɛrˌplen] | 飛機 |
| airport | [ˋɛrˌport] | 飛機場 |

airlines

## chair 椅子

| armchair | [ˋɑrmˌtʃɛr] | 單人沙發 |
| air | [ɛr] | 空氣 |
| airmail | [ˋɛrˌmel] | 航空信 |

armchair

23

用聽的記單字，不用背就記的住！

st + airs = stairs

階梯

The **stairs** to the roof are narrow.
通往屋頂的階梯很窄。

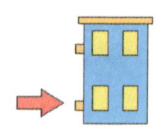

down + stairs = downstairs

樓下

My dad went **downstairs** to turn off the light.
我爸去樓下把燈關掉。

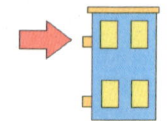

up + stairs = upstairs

樓上

Go **upstairs** and you can find the bookstore.
上樓就可以看到那家書店了。

hair + dry + er = hairdryer

吹風機

Mom, do you see the **hairdryer**?
媽，妳有看到吹風機嗎？

hair + cut = haircut

剪頭髮

I had a **haircut** yesterday.
我昨天剪了頭髮。

re + pair = repair

修理

My uncle was **repairing** my bicycle.
我叔叔當時在幫我修理腳踏車。

24

air + lines = airlines

航空公司

The competition is between these two **airlines**.
這兩家航空公司彼此競爭。

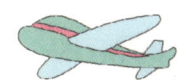

air + plane = airplane

飛機

The company produces **airplanes**.
那家公司專門製造飛機。

air + port = airport

飛機場

I arrived at the **airport** at 10 a.m.
我在上午十點抵達了機場。

arm + chair = armchair

單人沙發

Grandpa is sitting in the **armchair**.
爺爺坐在單人沙發上。

air = air

空氣

Do you enjoy the fresh **air** in the morning?
你喜歡早晨清新的空氣嗎？

air + mail = airmail

航空信

Hey, you've got an **airmail**.
嘿，你收到了航空信。

25

# a [ɛ]

**發音規則** -are-，有可能唸 [ɛr]

pare
Dare you?
barefoot
square

**聽rap記單字** 一邊聽 rap，一邊注意字母 a [ɛ] 的發音，就能很快把單字記住喔!

1. **d**are 敢 — 字母 d，[ddd]，a.r.e，[ɛr ɛr ɛr]，d.a.r.e，[dɛr dɛr dɛr]，dare

2. **p**are 削果皮 — 字母 p，[ppp]，a.r.e，[ɛr ɛr ɛr]，p.a.r.e，[pɛr pɛr pɛr]，pare

3. **b**arefoot 赤腳地 — 字母 b，[bbb]，a.r.e，[ɛr ɛr ɛr]，b.a.r.e，[bɛr bɛr bɛr]，barefoot

4. **squ**are 廣場 — q.u q.u，[kw kw kw]，a.r.e，[ɛr ɛr ɛr]，s.q.u.a.r.e，[skwɛr skwɛr skwɛr]，square

26

## dare 敢

| | | |
|---|---|---|
| care | [kɛr] | 小心 |
| careful | [`kɛrfəl] | 小心的 |
| careless | [`kɛrlɪs] | 粗心的 |

care

## pare 削果皮

| | | |
|---|---|---|
| compare | [kəm`pɛr] | 比較 |
| prepare | [prɪ`pɛr] | 準備 |
| rare | [rɛr] | 稀少的 |

compare

# are [ɛr]

005-3

## barefoot 赤腳地

| | | |
|---|---|---|
| bare | [bɛr] | 赤裸的 |
| fare | [fɛr] | 交通費用 |
| farewell | [`fɛr`wɛl] | 再會 |

bare

## square 廣場

| | | |
|---|---|---|
| scared | [skɛrd] | 恐懼的 |
| share | [ʃɛr] | 分享 |
| flare | [flɛr] | 火光 |

scared

27

**用聽的記單字，不用背就記的住！**

小心

c + are = care

Please take **care** of yourself.
請好好照顧自己。

小心的

care + ful = careful

Miss Chen is a **careful** driver.
陳小姐是位細心的駕駛。

粗心的

care + less = careless

Tom is a **careless** boy.
湯姆是個粗心的男孩。

比較

com + pare = compare

**Compare** before you shop for the best deals.
貨比三家不吃虧。

準備

pre + pare = prepare

It's time to **prepare** for the dinner party.
該準備晚餐派對了。

稀少的

r + are = rare

This kind of rose is pretty **rare**.
這個品種的玫瑰花相當稀有。

28

赤裸的

b + are = bare

It's dangerous to take hot soup with **bare** hands.
空手去拿熱湯是很危險的。

交通費用

f + are = fare

Do you have enough money for the taxi **fare**?
你的錢夠搭計程車嗎？

再會

fare + well = farewell

Her **farewell** party will start at 7 p.m.
她的歡送會將在晚上七點開始。

恐懼的

s + care + d = scared

Peggy is **scared** to swim.
佩姬對游泳感到恐懼。

分享

sh + are = share

My sister and I **share** a room.
我和姊姊共用一個房間。

火光

f + lare = flare

The candle gave a **flare**.
燭焰搖曳生光。

## 學會自然發音

**字母 a**
**發音符號 [ə]**

### Rap記憶口訣

# A小妹
# 肚子好餓 [ əəə ]

### 發音規則

字母 a 在弱音節，唸 [ə]

### 用故事記發音規則

a 小妹肚子『餓』，很虛『弱』，所以唸成弱音的 [ə]。

(圖：唉唷，我肚子好餓)

### 聽rap記單字

一邊聽 rap，一邊注意字母 a [ə] 的發音，就能很快把單字記住喔!

**1 banana 香蕉**
字母 b，[bbb]，字母 a，[əəə]，b.a b.a，[bə bə bə]，banana

**2 papaya 木瓜**
字母 p，[ppp]，字母 a，[əəə]，p.a p.a，[pə pə pə]，papaya

**3 pajamas 睡衣**
字母 m，[mmm]，字母 a，[əəə]，m.a m.a，[mə mə mə]，pajamas

**4 Canada 加拿大**
字母 n，[nnn]，字母 a，[əəə]，n.a n.a，[nə nə nə]，Canada

## banana 香蕉

| ba**ll**oon | [bə`lun] | 氣球 |
| hus**b**and | [`hʌzbənd] | 丈夫 |
| pro**b**ably | [`prɑbəblɪ] | 或許 |

balloon

## papaya 木瓜

| pa**p**a | [`pɑpə] | 父親 |
| pa**t**rol | [pə`trol] | 巡邏 |
| Pa**c**ific | [pə`sɪfɪk] | 太平洋 |

papa

## a [ə]

## pajamas 睡衣

| Chris**t**mas | [`krɪsməs] | 聖誕節 |
| pri**m**ary | [`praɪˏmərɪ] | 初級的 |
| co**mm**a | [`kɑmə] | 逗點 |

Christmas

## Canada 加拿大

| Chi**n**a | [`tʃaɪnə] | 中國 |
| fashio**n**able | [`fæʃənbl̩] | 流行的 |
| jour**n**alist | [`dʒɝnəlɪst] | 新聞記者 |

China

用聽的記單字，不用背就記的住！

ba + loon = balloon

氣球

Which **balloon** do you like?
你喜歡哪一個氣球？

hus + band = husband

丈夫

Her **husband** is a kind person.
她的丈夫為人很和氣。

pro + bab + ly = probably

或許

She **probably** left the room.
她或許離開房間了。

pa + pa = papa

父親

I gave a present to **papa**.
我送爸爸一個禮物。

pa + trol = patrol

巡邏

Policemen are **patrolling** around the area.
警察們在那一帶巡邏。

Pa + ci + fic = Pacific

太平洋

The **Pacific** Ocean is the largest of the five oceans in the world. 太平洋是世界五大洋裡最大的。

Chris + mas = Christmas

聖誕節

We plan to send grandmother a present at **Christmas**. 我們打算送奶奶耶誕禮物。

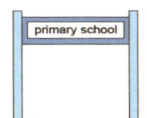

pri + ma + ry = primary

初級的

I started **primary** school when I was 7 years old.
我在七歲的時候開始上小學。

com + ma = comma

逗點

Don't forget to use a **comma** if you want to list several things in your paper.
如果你想在報告裡列舉好幾樣東西，別忘了加上逗點。

Chi + na = China

中國

Cute pandas are born in **China**.
可愛的熊貓是在中國出生的。

fa + shio + na + ble = fashionable

流行的

My teacher is wearing a **fashionable** shirt.
我的老師穿著一件款式時髦的襯衫。

jour + nal + ist = journalist

新聞記者

Tina is a professional **journalist**.
提娜是位專業的新聞記者

33

## 學會自然發音

**字母** a
**發音符號** [ɔ]

### Rap記憶口訣

# A小妹 被球打到 好痛ㄛ！[ɔɔɔ]

### 發音規則

當字母 a 遇到 l、u、w 時，a 跟 l、u、w 合唸成 [ɔ]

### 用故事記發音規則

a 媽媽拿一枝長棍子(l)，小孩 w 形的跑給 a 媽媽追，一面大喊：「打人『ㄛ』」，所以唸 [ɔ]。

### 聽rap記單字

一邊聽 rap，一邊注意字母 a [ɔ] 的發音，就能很快把單字記住喔！

| | | |
|---|---|---|
| 1 |  tall 高的 | 字母 t，[ttt]，a.l a.l，[ɔɔ]，t.a.l.l，[tɔl tɔl]，tall |
| 2 |  draw 畫 | d.r d.r，[dr dr]，a.w a.w，[ɔɔ]，d.r.a.w，[drɔ drɔ]，draw |
| 3 | ball 球 | 字母 b，[bbb]，a.l a.l，[ɔɔ]，b.a.l.l，[bɔl bɔl]，ball |
| 4 |  autumn 秋天 | a.u a.u，[ɔɔ] 字母 t，[ttt]，a.u.t，[ɔt ɔt]，autumn，autumn，autumn |

## tall 高的

| all | [ɔl] | 全部的 |
| talk | [tɔk] | 說話 |
| talkative | [`tɔkətɪv] | 愛說話的 |

all

## draw 畫

| drawer | [`drɔɚ] | 畫家 |
| dawn | [dɔn] | 清晨 |
| law | [lɔ] | 法律 |

drawer

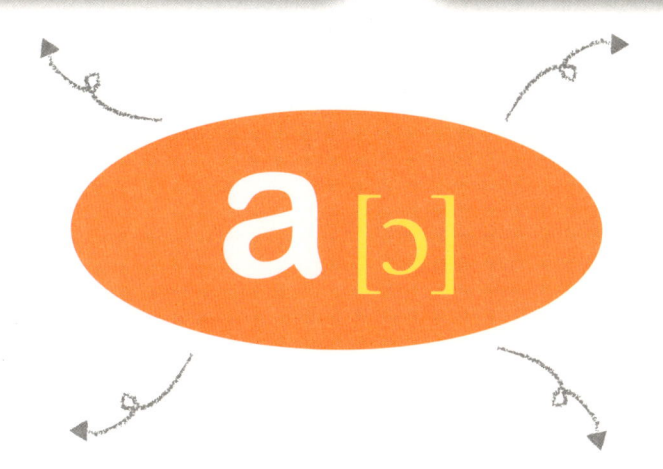

# a [ɔ]

## ball 球

| baseball | [`bes͵bɔl] | 棒球 |
| basketball | [`bæskɪt͵bɔl] | 籃球 |
| bald | [bɔld] | 禿頭 |

baseball

## autumn 秋天

| August | [`ɔgəst] | 八月 |
| cause | [kɔz] | 引起 |
| because | [bɪ`kɔz] | 因為 |

August

35

## 用聽的記單字，不用背就記的住！

**al + l = all**

全部的
**All** the strawberries are mine.
所有的草莓都是我的。

**tal + k = talk**

說話
Don't **talk** with your mouth full.
嘴巴塞滿東西時不要說話。

**talk + a + tive = talkative**

愛說話的
My mom is a **talkative** person.
我媽是個健談的人。

**draw + er = drawer**

畫家
Little Kitty wishes to be a **drawer**.
小凱蒂夢想成為畫家。

**daw + n = dawn**

清晨
I get up at **dawn**.
我天一亮就起床。

**l + aw = law**

法律
Karen is her sister-in-**law**.
凱倫是她嫂嫂。

36

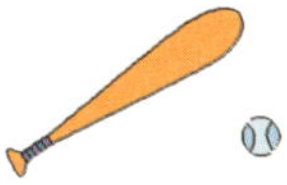

bas**e** + ball = base**b**all

棒球

I am not good at playing **baseball**.
我不擅長打棒球。

basket + ball = basketball

籃球

Let's play **basketball** outside!
一起去外面打籃球吧！

bal + d = bald

禿頭

As time goes by, he grows **bald**.
隨著時間流逝，他的頭漸漸禿了。

Au + gust = August

八月

Father's Day in Taiwan is on **August** 8th.
台灣的父親節是八月八日。

cau + s**e** = cause

引起

The flood **caused** great damage.
水災引起嚴重的災害。

be + caus**e** = because

因為

I love you **because** you are brave and kind.
我喜歡你，因為你勇敢又仁慈。

37

## 學會自然發音

**字母 a**
**發音符號 [ɑ]**

### Rap記憶口訣

A小妹 妳的家
好遠啊！[ɑɑɑ]

### 發音規則

ar 在重音節時唸 [ɑr]

### 用故事記發音規則

r 小妹老是駝背，a 媽媽遇到都會問她：「妳的背怎麼都彎彎的『Y』？」，所以唸 [ɑr]。

far
我家好遠
Y

### 聽rap記單字

一邊聽 rap，一邊注意字母 a [ɑ] 的發音，就能很快把單字記住喔！

**1 artist 藝術家**
字母 a，[ɑɑ]，字母 r，[rr]，
a.r a.r，[ɑr ɑr]，artist

**2 farmer 農夫**
字母 f，[fff]，a.r a.r，[ɑr ɑr ɑr]，
f.a.r，[fɑr fɑr]，farmer

**3 car 車**
字母 c，[kkk]，a.r a.r，[ɑr ɑr ɑr]，
c.a.r，[kɑr kɑr]，car

**4 park 公園**
字母 p，[ppp]，a.r a.r，[ɑr ɑr ɑr]，
p.a.r.k，[pɑrk pɑrk]，park

## artist 藝術家

| are | [ɑr] | be 動詞複數 |
|---|---|---|
| arm | [ɑrm] | 手臂 |
| argue | [`ɑrgju] | 爭辯 |

are

## farmer 農夫

| farm | [fɑrm] | 農場 |
|---|---|---|
| far | [fɑr] | 遠的 |
| faraway | [`fɑrə`we] | 遙遠的 |

farm

# ar [ɑr]

## car 車

| card | [kɑrd] | 卡片 |
|---|---|---|
| cartoon | [kɑr`tun] | 卡通 |
| carve | [kɑrv] | 雕刻 |

card

## park 公園

| part | [pɑrt] | 部分 |
|---|---|---|
| party | [`pɑrtɪ] | 派對 |
| pardon | [`pɑrdn̩] | 原諒 |

part

39

**用聽的記單字，不用背就記的住！**

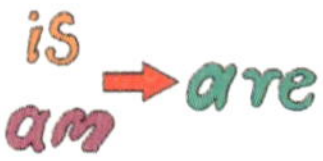

ar + e = are

be動詞複數

You **are** my sunshine.
你是我的陽光。

ar + m = arm

手臂

The baby is sleeping in the mother's **arms**.
嬰兒在母親的臂彎裡睡著。

ar + gue = argue

爭辯

Stop **arguing** with your sister.
不要再跟姊姊吵架。

far + m = farm

農場

My grandpa has a **farm**.
我的爺爺有一座農場。

f + ar = far

遠的

Denmark is **far** away from Spain.
丹麥和西班牙相距甚遠。

far + a + way = faraway

遙遠的

I have some friends in **faraway** countries.
我有些朋友住在非常遙遠的國家。

40

car + d = card

卡片
I didn't receive his Christmas **card**.
我沒收到他的耶誕卡。

car + toon = cartoon

卡通
Children love **cartoons**.
小孩子都喜歡卡通。

car + ve = carve

雕刻
Do you know who **carved** this statue?
你知道誰刻了這座雕像嗎?

par + t = part

部分
The course contains several **parts**.
課程包含了幾個部份。

par + ty = party

派對
Gina is a **party** animal.
吉娜是個派對動物。

par + don = pardon

原諒
May I beg your **pardon**?
我能請求你的原諒嗎?

41

## 學會自然發音

**字母 a**
**發音符號 [e]**

### Rap記憶口訣

# A小妹的名字叫做A [e]

009-1

### 發音規則

1. a + 子音 + e，a 唸 [e]
2. ai、ay 合唸 [e]

### 用故事記發音規則

a 媽媽跟 e 媽媽中間隔著很吵的小孩子，所以必須要拉長聲音說話：「『ㄟ～』你有沒有聽到我說話啦！」。

（對話框）我就是 [e]，我的名字叫做 [e]

### 聽rap記單字

一邊聽 rap，一邊注意字母 a [e] 的發音，就能很快把單字記住喔！

009-2

| | | |
|---|---|---|
| 1 | take 參加 | 字母 t，[ttt]，字母 a，[ee]，t.a t.a，[te te]，take |
| 2 | race 競賽 | 字母 r，[rrr]，字母 a，[ee]，r.a r.a，[re re]，race |
| 3 | way 道路 | 字母 w，[www]，a.y a.y，[ee]，w.a.y，[we we]，way |
| 4 | train 火車 | 字母 r，[rrr]，a.i a.i，[ee]，t.r.a.i.n，[tren tren]，train |

42

## take 參加

| ta**le** | [tel] | 傳說 |
| ta**ble** | [ˋtebl̩] | 桌子 |
| ta**pe** | [tep] | 卡帶 |

ta**le**

## race 競賽

| r**a**te | [ret] | 比率 |
| r**a**ge | [redʒ] | 生氣 |
| br**a**ve | [brev] | 勇敢的 |

r**a**te

## a [e]

## way 道路

| a**way** | [əˋwe] | 離開 |
| high**way** | [ˋhaɪˏwe] | 高速公路 |
| sub**way** | [ˋsʌbˏwe] | 地下鐵 |

a**way**

## train 火車

| **rai**lway | [ˋrelˏwe] | 鐵路 |
| br**ai**n | [bren] | 大腦 |
| r**ai**n | [ren] | 下雨 |

**rai**lway

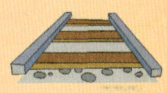

43

## 用聽的記單字，不用背就記的住！

t + ale = tale

傳說

Have you read Andersen's Fairy **Tales**?
你讀過安徒生童話嗎？

t + able = table

桌子

There are some cups on the **table**.
桌子上有幾個杯子。

t + ape = tape

卡帶

I like listening to the **tape**.
我喜歡聽這個卡帶。

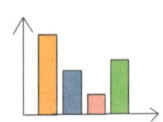

r + ate = rate

比率

The unemployment **rate** is rising.
失業率正在上升。

r + age = rage

生氣

I don't know why my sister is in a **rage**.
我不知道為何我姊在生氣。

br + ave = brave

勇敢的

A warrior must be **brave**.
身為戰士一定要勇敢。

**離開**

a + way = away

Leave me alone and go **away**.
走開,讓我靜一靜。

**高速公路**

high + way = highway

He is driving through the **highway**.
他開車行經高速公路。

**地下鐵**

sub + way = subway

Do you know how to read the **subway** map?
你知道怎麼看地鐵圖嗎?

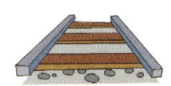

**鐵路**

rail + way = railway

A stranger asked me how to get to the **railway** station.
有個陌生人問我要怎麼到火車站。

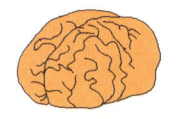

**大腦**

b + rain = brain

John has a fine **brain**.
約翰的頭腦很好。

**下雨**

rai + n = rain

It **rains** cats and dogs.
下起了傾盆大雨。

45

## 學會自然發音

**字母** b
**發音符號** [b]

**Rap記憶口訣**

# B小弟吹泡泡 [ bbb ]

### 發音規則

字母 b 通常都唸成 [b]

### 用故事記發音規則

b 小弟喜歡吹泡泡，爸爸很生氣的對他說：「你『不』（ㄅ）要走到哪裡都吹泡泡好嗎？」所以不管在哪，b 都唸 [ b ]。

### 聽rap記單字

一邊聽 rap，一邊注意字母 b [b] 的發音，就能很快把單字記住喔！

| | | |
|---|---|---|
| 1 | **b**ake 烘焙 | 字母 b，[bbb]，字母 a，[eee]，<br>b.a b.a，[be be be]，bake |
| 2 | **b**ed 床 | 字母 b，[bbb]，字母 e，[εεε]，<br>b.e b.e，[bε bε bε]，bed |
| 3 | **b**oy 男孩 | 字母 b，[bbb]，字母 o，[ɔɔɔ]，<br>b.o b.o，[bɔ bɔ bɔ]，boy |
| 4 | **b**read 麵包 | b.r b.r，[br br br]，e.a e.a，[ε ε ε]，<br>b.r.e.a，[brε brε]，bread |

46

## bake 烘焙

| bakery | [ˈbekərɪ] | 麵包店 |
| baby | [ˈbebɪ] | 嬰兒 |
| babyhood | [ˈbebɪˌhʊd] | 嬰兒時期 |

bakery

## bed 床

| beg | [bɛg] | 乞求 |
| bell | [bɛl] | 鈴鐺 |
| bent | [bɛnt] | 彎曲 |

beg

# b [b]

## boy 男孩

| boil | [bɔɪl] | 煮沸 |
| boiled | [bɔɪld] | 煮熟的 |
| boss | [bɔs] | 老闆 |

boil

## bread 麵包

| breast | [brɛst] | 胸部 |
| breakfast | [ˈbrɛkfəst] | 早餐 |
| breath | [brɛθ] | 呼吸 |

breast

**用聽的記單字，不用背就記的住！**

ba + ke + ry = bakery

麵包店 — There is a **bakery** in the corner. 轉角處有家麵包店。

ba + by = baby

嬰兒 — The cute **baby** is smiling. 那個可愛的嬰兒在笑。

ba + by + hood = babyhood

嬰兒時期 — He wrote a book about **babyhood**. 他寫了一本關於嬰兒時期的書。

be + g = beg

乞求 — We **beg** our teacher not to blame him. 我們乞求老師別責罵他。

bel + l = bell

鈴鐺 — Please ring the **bell** if you need help. 需要幫忙的話請搖鈴。

ben + t = bent

彎曲 — The stick is **bent**. 那根手杖被折彎了。

boi + l = boil

煮沸　The water is **boiling**. 水煮開了。

boi + l + ed = boiled

煮熟的　Mom **boiled** eggs and prepared salad.
媽媽把雞蛋煮熟，也準備了沙拉。

bos + s = boss

老闆　Mr. Smith is his new **boss**. 史密斯先生是他的新老闆。

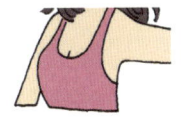

brea + st = breast

胸部　**Breast** cancer is the most common cancer among women. 乳癌是婦女中最常見的癌症。

break + fast = breakfast

早餐　They often have baguette and coffee for **breakfast**.
他們早餐經常吃長棍麵包配咖啡。

brea + th = breath

呼吸　She is reading a report about shortness of **breath**.
她正在讀一篇有關呼吸困難的報導。

49

## 學會自然發音

**字母 C**

**發音符號 [k]**

### Rap記憶口訣

# C小弟 吃維他命C
# 才不會咳嗽 [ kkk ]

### 發音規則

字母 c 大部分都唸成 [k]。

### 用故事記發音規則

c小弟『吸』到髒空氣會『咳』嗽，所以唸 [k]。

> 我吃維他命C，我很健康喔！

### 聽rap記單字

一邊聽 rap，一邊注意字母 c [k] 的發音，就能很快把單字記住喔!

**1 cute 可愛的**
字母 c，[kkk]，字母 u，[ju ju ju]，
c.u c.u，[kju kju kju]，cute

**2 camel 駱駝**
字母 c，[kkk]，字母 a，[æææ]，
c.a c.a，[kæ kæ kæ]，camel

**3 cockroach 蟑螂**
字母 c，[kkk]，字母 o，[aaa]，
c.o c.o，[ka ka ka]，cockroach

**4 Coke 可樂**
字母 c，[kkk]，字母 o，[ooo]，
c.o c.o，[ko ko ko]，Coke

## cute 可愛的

| cube | [kjub] | 立方體 |
| calculate | [`kælkjə‚let] | 計算 |
| barbecue | [`bɑrbɪkju] | 野外烤肉 |

cube

## camel 駱駝

| cab | [kæb] | 計程車 |
| cabbage | [`kæbɪdʒ] | 甘藍菜 |
| cafeteria | [‚kæfə`tɪrɪə] | 自助餐館 |

cab

## C [k]

## cockroach 蟑螂

| college | [`kɑlɪdʒ] | 大學 |
| comic | [`kɑmɪk] | 漫畫 |
| common | [`kɑmən] | 一般的 |

college

## Coke 可樂

| coat | [kot] | 外套 |
| coach | [kotʃ] | 教練 |
| coconut | [`kokə‚nət] | 椰子 |

coat

51

用聽的**記**單字，不用背就記的住！

cu + be = cube

立方體

Put some ice **cubes**. The juice will taste better.
加點冰塊，果汁會更好喝。

cal + cu + late = calculate

計算

Mom **calculates** the costs every day.
媽媽每天都會計算開支。

bar + be + cue = barbecue

野外烤肉

They had a **barbecue** last weekend.
他們上個週末有烤肉。

ca + b = cab

計程車

She called a **cab** because of the hurry.
因為趕時間，她招了計程車。

cab + bage = cabbage

甘藍菜

Do you need a purple **cabbage** or a Chinese **cabbage**? 你需要紫甘藍還是高麗菜？

caf + e + te + ri + a = cafeteria

自助餐館

I always have lunch in the school **cafeteria**.
我總是在學校的自助餐館吃午飯。

52

**col** + **lege** = **college**

大學　Lillian goes to **college**. 莉蓮現在念大學。

**com** + **ic** = **comic**

漫畫　Andy has many **comic** books. 安迪有很多漫畫書。

**com** + **mon** = **common**

一般的　To wear T-shirts and jeans is very **common**.
穿T恤和牛仔褲是很普通的。

**coa** + **t** = **coat**

外套　Put on your **coat**, or you will get a cold.
穿上外套，不然你會感冒。

**coa** + **ch** = **coach**

教練　Our basketball team got a new **coach**.
我們的籃球隊有了新教練。

**co** + **co** + **nut** = **coconut**

椰子　Do you like **coconut**-flavored cakes?
你喜歡椰子口味的蛋糕嗎？

# C [k]

**發音規則** 當字母 c 遇到 r 時，cr 連音唸成 [kr]

- cross
- create
- crab
- crayons

### 聽 rap 記單字

一邊聽 rap，一邊注意字母 c [k] 的發音，就能很快把單字記住喔！

| | | |
|---|---|---|
| 1 | **crab** 螃蟹 | c.r c.r，[kr kr kr]，字母 a，[æ æ æ]，<br>c.r.a c.r.a，[kræ kræ]，crab |
| 2 | **crayon** 蠟筆 | c.r c.r，[kr kr kr]，字母 a，[e e e]，<br>c.r.a c.r.a，[kre kre]，crayon |
| 3 | **create** 創造 | c.r c.r，[kr kr kr]，字母 e，[ɪ ɪ ɪ]，<br>c.r.e c.r.e，[krɪ krɪ]，create |
| 4 | **cross** 十字架 | c.r c.r，[kr kr kr]，字母 o，[ɔ ɔ ɔ]，<br>c.r.o c.r.o，[krɔ krɔ]，cross |

## crab 螃蟹

| | | |
|---|---|---|
| crack | [kræk] | 裂痕 |
| craft | [kræft] | 手工藝 |
| crash | [kræʃ] | 碰撞 |

crack

## crayon 蠟筆

| | | |
|---|---|---|
| cradle | [`kredl̩] | 搖籃 |
| crane | [kren] | 起重機 |
| crate | [kret] | 條板箱 |

cradle

# C [k]

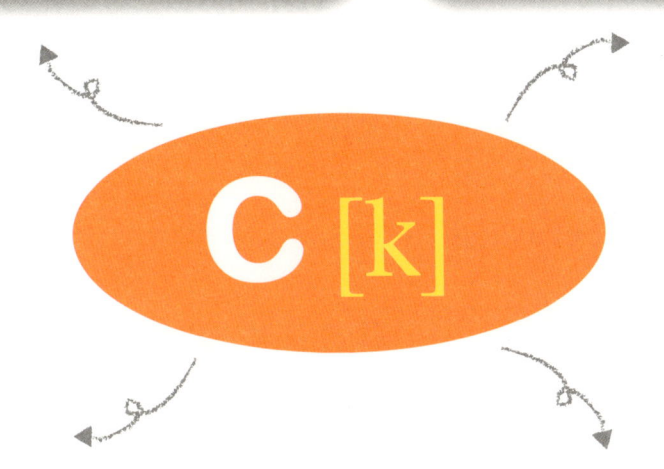

## create 創造

| | | |
|---|---|---|
| creation | [krɪ`eʃən] | 宇宙萬物 |
| creative | [krɪ`etɪv] | 有創意的 |
| crime | [kraɪm] | 犯罪 |

creation

## cross 十字架

| | | |
|---|---|---|
| crowd | [kraʊd] | 群眾 |
| crowded | [`kraʊdɪd] | 擁擠的 |
| cruel | [`kruəl] | 殘忍的 |

crowd

55

**用聽的記單字，不用背就記的住！**

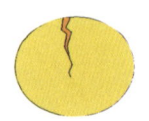

cra + ck = crack

裂痕
There are some **cracks** in the glass.
這片玻璃有些裂痕。

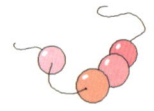

craf + t = craft

手工藝
He learned a goldsmith's **craft**. 他習得金匠的手藝。

cra + sh = crash

碰撞
A car **crashed** on the street. 一輛車在街上撞毀。

cra + dle = cradle

搖籃
She put the sleeping baby in the **cradle**.
她把正在睡的嬰兒放進搖籃。

cra + ne = crane

起重機
We have to use a **crane** to lift the machine.
我們得用起重機吊起機器。

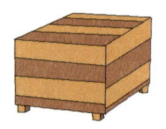

cra + te = crate

條板箱
The **crate** is made of wood. 那個條板箱是木製的。

56

cre + a + tion = creation

字宙萬物　Humans are the smartest in **creation**.
人類是世界上最聰明的物種。

cre + a + tive = creative

有創意的　Picasso is the most **creative** artist in the world.
畢卡索是世上最有創意的藝術家。

cri + me = crime

犯罪　We are educated not to commit a **crime**.
我們被教導不可犯罪。

crow + d = crowd

群眾　There is a **crowd** of people in the front of the department store. 百貨公司前面有一大群人。

crowd + ed = crowded

擁擠的　Taipei is a **crowded** city. 台北是個擁擠的城市。

cru + el = cruel

殘忍的　The witch is **cruel** to Snow White.
巫婆對白雪公主很殘忍。

57

## 學會自然發音

**字母** C
**發音符號** [s]

### Rap記憶口訣

# C小弟 髒兮兮
# 笑死人 [ sss ]

### 發音規則

c 後面接字母 i、e、y 時，通常唸成 [s]

### 用故事記發音規則

c 小弟走路絆到鐵絲(s)，摔了一(e)跤，鼻梁歪(y)了，痛得哎哎(i)叫，所以字母 c 遇到 i, e, y 都唸 [ s ]。

### 聽rap記單字

一邊聽 rap，一邊注意字母 c [s] 的發音，就能很快把單字記住喔！

**1 city 城市**
字母 c，[sss]，字母 i，[III]，
c.i c.i [SI SI SI]，city

**2 circle 圓圈**
字母 c，[sss]，i.r i.r，[ɝ ɝ ɝ]，
c.i.r c.i.r [Sɝ Sɝ]，circle

**3 face 臉**
字母 c，[sss]，字尾 e，不發音，
c.e c.e [sss]，face

**4 bicycle 腳踏車**
字母 c，[sss]，字母 y，[III]，
c.y c.y [SI SI SI]，bicycle

58

## city 城市

| cicada | [sɪˋkɑdə] | 蟬 |
| cigar | [sɪˋgɑr] | 雪茄 |
| cigarette | [ˌsɪgəˋrɛt] | 香菸 |

cicada

## circle 圓圈

| circus | [ˋsɝkəs] | 馬戲團 |
| circlet | [ˋsɝklɪt] | 飾環 |
| circular | [ˋsɝkjələ˙] | 圓形的 |

circus

# C [s]

## face 臉

| juice | [dʒus] | 果汁 |
| advice | [ədˋvaɪs] | 勸告 |
| nice | [naɪs] | 美好的 |

juice

## bicycle 腳踏車

| tricycle | [ˋtraɪsɪkl̩] | 三輪車 |
| fancy | [ˋfænsɪ] | 迷戀 |
| icy | [ˋaɪsɪ] | 冰的 |

tricycle

59

**用聽的記單字，不用背就記的住！**

ci + ca + da = cicada

蟬

Have you ever heard the 17-year **cicada** story?
你聽過十七年蟬的故事嗎？

ci + gar = cigar

雪茄

The gentleman lit a **cigar**. 那位紳士點燃了雪茄。

cig + a + rette = cigarette

香菸

Smoking **cigarettes** will cause lung cancer.
抽菸會導致肺癌。

cir + cus = circus

馬戲團

Monkey **Circus** is very popular.
猴子馬戲團非常受歡迎。

cir + clet = circlet

飾環

Your **circlet** is bright and beautiful.
妳的飾環閃閃發光又漂亮。

cir + cu + lar = circular

圓形的

The strawberry cake has a **circular** shape.
草莓蛋糕是圓形的。

60

jui + ce = juice

果汁

I prefer lemonade to orange **juice**.
比起柳橙汁，我更喜歡檸檬水。

ad + vice = advice

勸告

Thanks for your **advice**. 謝謝你的勸告。

n + ice = nice

美好的

Be a **nice** girl. 做個好女孩。

tri + cy + cle = tricycle

三輪車

Can you ride a **tricycle**? 你會騎三輪車嗎？

fan + cy = fancy

迷戀

He takes a **fancy** to the movie star.
他對那位影星非常迷戀。

i + cy = icy

冰的

I bought an **icy** coke. 我買了一瓶冰可樂。

61

## 學會自然發音

**字母 ch**
**發音符號 [tʃ]**

### Rap記憶口訣

# 小麻雀 雀雀雀
# [ tʃ tʃ tʃ ]

### 發音規則

ch 在一起時，唸成 [tʃ]。

### 用故事記發音規則

c小弟和h小弟一起上學『去』，所以唸成 [tʃ]。

### 聽rap記單字

一邊聽 rap，一邊注意字母 ch [tʃ] 的發音，就能很快把單字記住喔！

**1 child 兒童**
c.h，[tʃ tʃ tʃ]，字母 i，[aɪ aɪ aɪ]，
c.h.i，[tʃaɪ tʃaɪ tʃaɪ]，child

**2 chance 機會**
c.h，[tʃ tʃ tʃ]，字母 a，[æ æ æ]，
c.h.a，[tʃæ tʃæ]，chance

**3 catch 拿，取**
t.c.h，在一起，字母 t，不發音，
[tʃ tʃ tʃ]，catch

**4 peach 水蜜桃**
c.h c.h，放字尾，[tʃ tʃ tʃ]，peach

62

## child 兒童

| | | |
|---|---|---|
| chicken | [ˋtʃɪkɪn] | 雞 |
| chilly | [ˋtʃɪlɪ] | 冷颼颼 |
| chin | [tʃɪn] | 下巴 |

chicken

## chance 機會

| | | |
|---|---|---|
| challenge | [ˋtʃælɪndʒ] | 挑戰 |
| champion | [ˋtʃæmpɪən] | 冠軍 |
| channel | [ˋtʃænl̩] | 頻道 |

challenge

# ch [tʃ]

## catch 拿，取

| | | |
|---|---|---|
| ketchup | [ˋkɛtʃəp] | 番茄醬 |
| kitchen | [ˋkɪtʃɪn] | 廚房 |
| watch | [wɑtʃ] | 手錶 |

ketchup

## peach 水蜜桃

| | | |
|---|---|---|
| bench | [bɛntʃ] | 長板凳 |
| brunch | [brʌntʃ] | 早午餐 |
| couch | [kaʊtʃ] | 長沙發 |

bench

**用聽的記單字，不用背就記的住！**

chick + en = chicken

雞

We ordered fried **chicken** and pizza for the party.
我們為派對訂了炸雞和披薩。

chil + ly = chilly

冷颼颼

It is **chilly** outside. 外頭冷颼颼的。

chi + n = chin

下巴

Lucy rested her **chin** on her hands.
露西用雙手撐著下巴。

chal + lenge = challenge

挑戰

The job offers a **challenge**. 這工作有挑戰性。

cham + pi + on = champion

冠軍

He is a **champion** dancer. 他是個冠軍舞者。

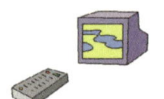

chan + nel = channel

頻道

There are hundreds of TV **channels** for you to choose. 有數百個電視頻道供你選擇。

64

ke tch + up = ketchup

番茄醬　French fries are usually served with **ketchup**.
薯條通常會附番茄醬。

ki tch + chen = kitchen

廚房　Lisa has a new **kitchen**. 麗莎有個新廚房。

wa + tch = watch

手錶　Helen collects beautiful **watches**. 海倫收集漂亮的手錶。

ben + ch = bench

長板凳　We sit on a **bench** eating lunch.
我們坐在長板凳上吃午餐。

brun + ch = brunch

早午餐　He ate cheese, pancake, bacon and potatoes for **brunch**.
他早午餐吃了起司、鬆餅、培根和馬鈴薯。

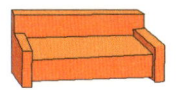

cou + ch = couch

長沙發　He is lying on a **couch**. 他躺在長沙發上。

65

# 子a子 [æ]

| fan [fæn] 粉絲 | man [mæn] 男人 | pass [pæs] 經過 |
|---|---|---|
| **fan**cy 喜歡<br>**fan**ciful 幻想的<br>**fan**tastic 好極了<br>**fan**tasy 奇幻文學 | business**man** 商人<br>fisher**man** 漁夫<br>mail**man** 郵差<br>snow**man** 雪人 | **pass**age 經過<br>**pass**enger 乘客<br>**pass**erby 過路人<br>sur**pass** 勝過<br>over**pass** 天橋<br>under**pass** 地下道 |

# a弱音 [ə]

| a- [ə]，字首，有「在…狀態中、超過」之意 | -able [əbl̩]，字尾，有「可…的、適合、有…傾向的」之意 |
|---|---|
| cross 交叉 → **a**cross 橫過<br>gain 獲得 → **a**gain 再次<br>head 頭 → **a**head 在前<br>like 喜歡 → **a**like 相似的<br>live 生活 → **a**live 活潑的<br>lone 獨自的 → **a**lone 單獨的<br>loud 大聲的 → **a**loud 大聲地<br>round 圓形的 → **a**round 環繞<br>sleep 睡覺 → **a**sleep 睡著的 | avail**able** 可利用的<br>comfort**able** 舒適的<br>fashion**able** 流行的<br>valu**able** 有價值的<br>accept**able** 可接受的<br>afford**able** 買得起的<br>suit**able** 適合的 |

# a弱音 [ə]

| -ant [ənt]，字尾，有「處於… 狀態、…的人」之意 | -ance [əns]，名詞字尾，表示「動作、程序、性質、狀態」 |
|---|---|
| assist**ant** 助手 | ambul**ance** 救護車 |
| dist**ant** 遠的 | assist**ance** 幫助 |
| gi**ant** 巨人 | dist**ance** 距離 |
| import**ant** 重要的 | entr**ance** 入口 |
| inst**ant** 瞬間的 | import**ance** 重要性 |
| pleas**ant** 愉快的 | inst**ance** 例子 |
| serv**ant** 僕人 | pleas**ance** 遊樂園 |

# al [ɔ]

| al- [ɔl]，字首，有「完整、全部」之意 | ball [bɔl] 球 | walk [wɔk] 走路 |
|---|---|---|
| **al**most 幾乎 | base**ball** 棒球 | side**walk** 人行道 |
| **al**ready 已經 | basket**ball** 籃球 | **walk**man 隨身聽 |
| **al**so 也 | dodge **ball** 躲避球 | |
| **al**together 全部加起來 | foot**ball** 足球 | |
| **al**ways 總是 | soft**ball** 壘球 | |
| | volley**ball** 排球 | |

# a子e [e]

| base [bes] 基礎、壘包 | late [let] 遲到的 | -ache [ek]，字尾，表示「…痛」之意 |
|---|---|---|
| **base**ball 棒球 | **late**r 稍後 | head**ache** 頭痛 |
| **base**ment 地下室 | **late**st 最遲的、最近發生的 | stomach**ache** 胃痛 |
| **bas**ic 基礎的 | | tooth**ache** 牙齒痛 |

# ar [ɑr]

| arm [ɑrm]<br>手臂、武裝 | hard [hɑrd]<br>硬的、困難的 | mark [mɑrk]<br>記號、目標 | part [pɑrt]<br>部分的 |
|---|---|---|---|
| **arm**chair 單人沙發<br>（可放手臂的沙發）<br>**arm**y 陸軍<br>al**arm** 警報 | **hard**ly 幾乎不<br>**hard**-working<br>勤勞的<br>**hard**en 使變硬 | **mark**er 標誌<br>**mark**et 市場<br>super**mark**et<br>超級市場 | **part**ner 同伴<br>**part**y 派對<br>a**part**ment 公寓<br>de**part**ment 部門<br>de**part**ment store<br>百貨公司 |

# ay [e]

| day [de] 日子 | | play [ple] 玩 |
|---|---|---|
| birth**day** 生日<br>holi**day** 假日<br>to**day** 今日<br>yester**day** 昨日<br>week**day** （星期一到<br>星期五的）工作日 | Sun**day** 星期日<br>Mon**day** 星期一<br>Tues**day** 星期二<br>Wednes**day** 星期三<br>Thurs**day** 星期四<br>Fri**day** 星期五<br>Satur**day** 星期六 | **play**er 播放器<br>**play**ground 遊樂場 |

# b [b]

| be- [bɪ]，字首，<br>有「在…」之意 | begin [bɪˋgɪn] 開始 | body [bɑdɪ]<br>身體、（一個）人 |
|---|---|---|
| **be**fore 在…之前<br>**be**hind 在…之後<br>**be**low 在…下面<br>**be**side 在…旁邊<br>**be**sides 除…之外<br>**be**tween 在…之間<br>**be**yond 在…的那一邊 | **begin**ner 初學者<br>**begin**ning 開始 | any**body** 任何人<br>busy**body** 愛管閒事的人<br>every**body** 每一個人<br>no**body** 沒有人<br>some**body** 某人 |

# c [k]

### class [klæs] 班級
- **class**ical 正統的、古典的
- **class**mate 同學
- **class**room 教室

### con- [kən]，字首，有「一起、完全」之意
- **con**cern 擔心
- **con**fuse 搞混
- **con**gratulation 恭喜
- **con**sider 考慮
- **con**tinue 繼續
- **con**trol 控制
- **con**venient 方便的
- **con**versation 會話

### card [kɑrd] 卡片
- credit **card** 信用卡
- post**card** 明信片
- ID **card** 身分證

# ce [s]

### -ice [ɪs]，字尾，表示「性質、狀態」之意
- cho**ice** 選擇
- not**ice** 注意
- off**ice** 辦公室
- off**ic**er 公務員
- pract**ice** 練習
- serv**ice** 服務
- vo**ice** 聲音

### -ice [aɪs]，字尾，表示「性質、狀態」之意
- adv**ice** 勸告
- **ice** 冰
- **ice** cream 冰淇淋
- n**ice** 好的
- n**ice**-looking 漂亮的
- pr**ice** 價錢
- r**ice** 米
- tw**ice** 兩次

### civ- [sɪv]，字首，表示「公民、文明」之意
- **civ**ic 城市的
- **civ**ics 市政學
- **civ**il 國內的、市民的
- **civ**ilian 平民、老百姓
- **civ**ility 禮儀
- **civ**ilization 文明
- **civ**ilize 使文明

# ch [tʃ]

### child [tʃaɪld] 小孩
- **child**hood 童年期
- **child**ish 幼稚的
- **child**like 純真的
- **child**birth 生產
- **child**care 兒童保育
- **child**less 無子女的
- school**child** 學童

### charge [tʃɑrdʒ] 索價、充電
- **charge**able 應徵收的
- **charge**r 充電器
- dis**charge** 清償、放電
- re**charge** 再充電
- sur**charge** 附加費用

### cheer [tʃɪr] 喝采、激勵
- **cheer**ful 快樂的、興高采烈的
- **cheer**leader 啦啦隊隊長
- **cheer**less 憂鬱的、困苦的
- **cheer**s 乾杯

## 學會自然發音

**字母** d
**發音符號** [d]

### Rap記憶口訣
# 你的我的 [ ddd ]

015-1

### 發音規則
字母 d 通常都唸成 [d]

### 用故事記發音規則
d 小弟沒信心，一天到晚頭『低低』，所以 d 不管在哪裡都唸成 [ d ]。

我的小狗 [ddd]

### 聽rap記單字
一邊聽 rap，一邊注意字母 d [d] 的發音，就能很快把單字記住喔!

015-2

**1 doctor 醫生**
字母 d，[ddd]，字母 o，[aaa]，
d.o d.o [da da da]，doctor

**2 duck 鴨子**
字母 d，[ddd]，字母 u，[ʌʌʌ]，
d.u d.u [dʌ dʌ dʌ]，duck

**3 dance 跳舞**
字母 d，[ddd]，字母 a，[æææ]，
d.a d.a [dæ dæ dæ]，dance

**4 deck 甲板**
字母 d，[ddd]，字母 e，[εεε]，
d.e d.e [dε dε dε]，deck

## doctor 醫生

| dock | [dɑk] | 碼頭 |
| dollar | [`dɑlɚ] | 美元 |
| dolphin | [`dɑlfɪn] | 海豚 |

dock

## duck 鴨子

| dumb | [dʌm] | 啞巴 |
| adult | [ə`dʌlt] | 成人的 |
| conduct | [kən`dʌkt] | 指揮 |

dumb

# d [d]

## dance 跳舞

| dancer | [`dænsɚ] | 舞蹈家 |
| dad | [dæd] | 爸爸 |
| damage | [`dæmɪdʒ] | 災害 |

dancer

## deck 甲板

| desert | [`dɛzɚt] | 沙漠 |
| desk | [dɛsk] | 書桌 |
| decorate | [`dɛkə,ret] | 裝飾 |

desert

## 用聽的記單字，不用背就記的住！

do + ck = dock

碼頭
The newly-built **dock** is spectacular.
新落成的碼頭很壯觀。

dol + lar = dollar

美元
The painting costs 9000 **dollars**. 這幅畫要價 9000 元。

dol + phin = dolphin

海豚
Let's go to the ocean park to see the **dolphins**.
我們去海洋公園看海豚吧。

dum + b = dumb

啞巴
Do you enjoy the **dumb** show? 你喜歡這齣默劇嗎？

a + dul + t = adult

成人的
Only **adults** can see this movie.
只有成年人才能看這部電影。

con + duc + t = conduct

指揮
Zubin Mehta **conducts** the orchestra.
祖賓梅塔指揮這個管弦樂團。

danc + er = dancer

舞蹈家　Isadora Duncan is the most famous **dancer**.
伊莎朵拉・鄧肯是最有名的舞蹈家。

da + d = dad

爸爸　My **dad** is a designer. 我爸爸是設計師。

dam + age = damage

災害　The earthquake caused great **damage**.
地震造成了嚴重的災害。

des + ert = desert

沙漠　You are an oasis in a **desert**. 你是沙漠裡的綠洲。

des + k = desk

書桌　There are a few books on the **desk**. 書桌上有幾本書。

dec + o + rate = decorate

裝飾　Let's **decorate** the Christmas tree!
我們來裝飾聖誕樹吧！

73

## 學會自然發音

**字母 e**
**發音符號 [ɛ]**

### Rap記憶口訣

# E媽媽說
# 我想想看 [ εε ]

### 發音規則

子音＋e＋子音，e 唸 [ɛ]。

### 用故事記發音規則

e 媽媽突然發奇想：「εεε⋯我想吃宵夜（ㄝ）」

### 聽rap記單字

一邊聽 rap，一邊注意字母 e [ɛ] 的發音，就能很快把單字記住喔！

| | | |
|---|---|---|
| 1 | g**e**neral 將軍 | 字母 g，[dʒ dʒ dʒ]，字母 e，[εεε]，g.e g.e，[dʒɛ dʒɛ dʒɛ]，general |
| 2 | b**e**t 打賭 | 字母 b，[bbb]，字母 e，[εεε]，b.e b.e，[bɛ bɛ bɛ]，bet |
| 3 | ch**e**ss 西洋棋 | c.h，[tʃ tʃ tʃ]，字母 e，[εεε]，c.h.e，[tʃɛ tʃɛ tʃɛ]，chess |
| 4  | D**e**cember 十二月 | 字母 c，[sss]，字母 e，[εεε]，c.e c.e，[sɛ sɛ sɛ]，December |

## general 將軍

| generous | [ˋdʒɛnərəs] | 慷慨的 |
| gentle | [ˋdʒɛntl̩] | 溫和的 |
| gesture | [ˋdʒɛstʃɚ] | 手勢 |

generous

## bet 打賭

| best | [bɛst] | 最好的 |
| belt | [bɛlt] | 腰帶 |
| belly | [bɛlɪ] | 肚皮 |

best

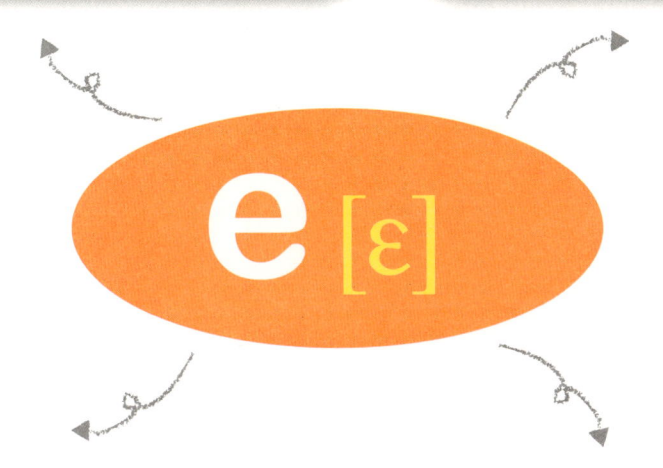

# e [ɛ]

## chess 西洋棋

| chest | [tʃɛst] | 胸部 |
| check | [tʃɛk] | 檢查 |
| cherry | [ˋtʃɛrɪ] | 櫻桃 |

chest

## December 十二月

| cent | [sɛnt] | 一分錢 |
| center | [ˋsɛntɚ] | 中央 |
| centimeter | [ˋsɛntəˌmitɚ] | 公分 |

cent

75

**用聽的記單字，不用背就記的住！**

gen + er + ous = generous

慷慨的

My uncle is **generous** with money.
我叔叔在金錢方面很慷慨。

gen + tle = gentle

溫和的

Frank is **gentle** in manner. 法蘭克的舉止很文雅。

ges + ture = gesture

手勢

Handshake is a **gesture** of friendship.
握手是友好的表示。

bes + t = best

最好的

He is the **best** student in the class.
他是這個班上最好的學生。

bel + t = belt

腰帶

Don't forget to fasten the security **belt**.
別忘了繫緊安全帶。

bel + ly = belly

肚皮

Flora is good at **belly** dance. 芙蘿拉很會跳肚皮舞。

**ches + t = chest**

胸部 I am trying to build up my **chest** muscle.
我在設法練出胸肌。

**che + ck = check**

檢查 I have to **check** it twice. 我得檢查兩次。

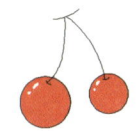

**cher + ry = cherry**

櫻桃 Mr. Martin has a big **cherry** orchard.
馬汀先生有座大櫻桃園。

**cen + t = cent**

一分錢 I have only one **cent** left. 我只剩下一分錢。

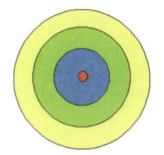

**cen + ter = center**

中央 I am in the **center** of the garden. 我在花園的中央。

**cen + ti + me + ter = centimeter**

公分 This fish is 110 **centimeters** long. 這條魚有110公分。

77

## 學會自然發音 字母 ee 發音符號 [i]

### Rap記憶口訣
# 兩個E媽媽跑第一
## [ i i i ]

### 發音規則
兩個 e 一起出現時，ee 唸成 [i]

### 用故事記發音規則
兩個 e 媽媽『一』起跑第一，所以兩個 e 唸成 [ i ]。

> 我們都跑第一！

### 聽rap記單字

一邊聽 rap，一邊注意字母 ee [i] 的發音，就能很快把單字記住喔！

| | | |
|---|---|---|
| 1 | **13** thirteen 十三 | 字母 t，[ttt]，e.e，[ii]，t.e.e.n，[tin tin]，thirteen |
| 2  | bee 蜜蜂 | 字母 b，[bbb]，e.e，[ii]，b.e.e b.e.e，[bi bi]，bee |
| 3  | feel 覺得 | 字母 f，[fff]，e.e，[ii]，f.e.e f.e.e，[fi fi]，feel |
| 4 | three 三 | 字母 r，[rrr]，e.e，[ii]，r.e.e r.e.e，[ri ri]，three |

*因帶 r 音，減弱[i]的音而成[ɪ]。

## thirteen 十三

| fourteen | [`for`tin] | 十四 |
| fifteen | [fɪf`tin] | 十五 |
| teenager | [`tin͵edʒɚ] | 青少年 |

fourteen

## bee 蜜蜂

| beef | [bif] | 牛肉 |
| beer | [bɪr] | 啤酒* |
| Frisbee | [`frɪzbi] | 飛盤 |

beef

## ee [i]

## feel 覺得

| fee | [fi] | 費用 |
| feed | [fid] | 餵養 |
| feet | [fit] | 腳 |

fee

## three 三

| tree | [tri] | 樹 |
| street | [strit] | 街道 |
| green | [grin] | 綠色 |

tree

79

用聽的**記**單字，不用背就記的住！

**four + teen = fourteen**

十四　Dora is **fourteen** years old. 朵拉14歲。

**fif + teen = fifteen**

十五　There are **fifteen** players in our team.
我們球隊有15位球員。

**teen + ag + er = teenager**

青少年　**Teenagers** have their own worries.
青少年有他們自己的煩惱。

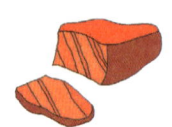

**bee + f = beef**

牛肉　Mom is cooking **beef** noodles. 媽媽正在煮牛肉麵。

**bee + r = beer**

啤酒　Daddy likes to drink **beer** when watching soccer games. 爸爸喜歡在看足球賽時喝點啤酒。

**Fris + bee = Frisbee**

飛盤　My dog fetched the **Frisbee**. 我的小狗叼來了飛盤。

f + ee = fee

費用　I have to pay the **fee**. 我得付錢。

fee + d = feed

餵養　She **feeds** the cat twice a day. 她每天餵貓兩次。

fee + t = feet

腳　Cats have four **feet**. 貓有四隻腳。

t + ree = tree

樹　There are apple **trees** in the yard. 庭院裡有蘋果樹。

st + reet = street

街道　Go straight down the **street** and you can see the bank. 往那條街直走就可以看到銀行了。

g + reen = green

綠色　Becky hates to eat **green** onion. 貝琪討厭吃青蔥。

81

## 學會自然發音

**字母 ea**
**發音符號 [i]**

### Rap記憶口訣
# E媽媽和A媽媽都跑第一 [ i i i ]

### 發音規則
字母 ea 一起出現時，常唸成 [i]

### 用故事記發音規則
e 媽媽和 a 媽媽『一』起跑第一，所以 ea 唸成 [i]。

### 聽rap記單字
一邊聽 rap，一邊注意字母 ea [i] 的發音，就能很快把單字記住喔！

|  |  |  |
|---|---|---|
| 1 |  **ea**ch 每一個 | e.a e.a，[iii]，c.h c.h，[tʃ tʃ tʃ]，e.a.c.h，[itʃ itʃ]，each |
| 2 |  t**ea**cher 老師 | 字母 t，[ttt]，e.a e.a，[iii]，t.e.a，[ti ti ti]，teacher |
| 3 |  s**ea**t 座位 | 字母 s，[sss]，e.a e.a，[iii]，s.e.a，[si si si]，seat |
| 4 | b**ea**ch 海灘 | 字母 b，[bbb]，e.a e.a，[iii]，b.e.a，[bi bi bi]，beach |

82

## each 每一個

| eagle | [`igl̩] | 老鷹 |
| east | [ist] | 東邊 |
| eat | [it] | 吃東西 |

eagle

## teacher 老師

| tea | [ti] | 茶 |
| teapot | [`ti͵pɑt] | 茶壺 |
| team | [tim] | 隊伍 |

tea

# ea [i]

## seat 座位

| sea | [si] | 海 |
| seafood | [`si͵fud] | 海鮮 |
| season | [`sizn̩] | 季節 |

sea

## beach 海灘

| bean | [bin] | 豆子 |
| beam | [bim] | 光束 |
| beat | [bit] | 打擊 |

bean

83

用聽的記單字，不用背就記的住！

ea + gl◯ = eagle

老鷹　The **eagle** is flying in the sky. 老鷹在天空飛翔。

eas + t = east

東邊　The sun rises from the **east**. 太陽從東邊升起。

ea + t = eat

吃東西　The cat is **eating** fish. 那隻貓在吃魚。

t + ea = tea

茶　The basic four types of **tea** are green **tea**, black **tea**, white **tea**, and oolong **tea**. 最主要的四種茶品分別是綠茶、紅茶、白茶和烏龍茶。

tea + pot = teapot

茶壺　I am washing the **teapot**. 我在洗茶壺。

tea + m = team

隊伍　Do you want to join my **team**? 你要加入我的隊伍嗎？

s + ea = sea

海　There are boats sailing on the **sea**. 有船在海上航行。

sea + food = seafood

海鮮　She likes **seafood**. 她喜歡吃海鮮。

sea + son = season

季節　Spring is my favorite **season**. 我最喜歡春天。

bea + n = bean

豆子　Let's see the top ten green **bean** producers.
我們來看看十大青豆生產國。

bea + m = beam

光束　Do you see the **beam**? 你有看到那道光嗎？

bea + t = beat

打擊　A teacher is **beating** a naughty student.
老師在責打頑皮的學生。

85

## 學會自然發音

**字母 er**
**發音符號 [ɚ]**

### Rap記憶口訣
# E媽媽和R小妹想要吐噁噁噁 [ɚɚɚ]

### 發音規則
er 在輕音節時唸成 [ɚ]

### 用故事記發音規則
e 媽媽和 r 小妹在路上看到一隻老鼠,『噁』心想吐,所以 er 唸成 [ɚ]。

好噁!

### 聽rap記單字
一邊聽 rap,一邊注意字母 er [ɚ] 的發音,就能很快把單字記住喔!

| | | |
|---|---|---|
| 1 | tig**er** 老虎 | 字母 g,[ggg],e.r,[ɚɚ],<br>g.e.r g.e.r,[gɚ gɚ],tiger |
| 2 | sweat**er** 毛衣 | 字母 t,[ttt],e.r,[ɚɚ],<br>t.e.r t.e.r,[tɚ tɚ],sweater |
| 3 | hamm**er** 鐵鎚 | 字母 m,[mmm],e.r,[ɚɚ],<br>m.e.r m.e.r,[mɚ mɚ],hammer |
| 4  | barb**er** 理髮師 | 字母 b,[bbb],e.r,[ɚɚ],<br>b.e.r b.e.r,[bɚ bɚ],barber |

## tiger 老虎

| anger | [ˋæŋgɚ] | 生氣 |
| finger | [ˋfɪŋgɚ] | 手指 |
| hunger | [ˋhʌŋgɚ] | 飢餓 |

anger

## sweater 毛衣

| bitter | [ˋbɪtɚ] | 苦的 |
| butter | [ˋbʌtɚ] | 奶油 |
| butterfly | [ˋbʌtɚˌflaɪ] | 蝴蝶 |

bitter

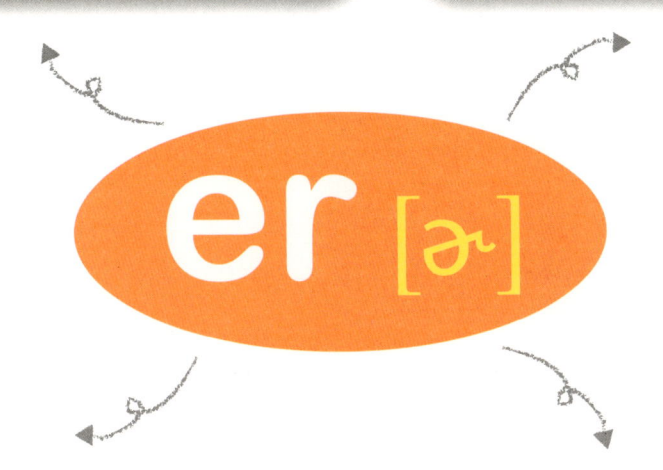

# er [ɚ]

## hammer 鐵鎚

| summer | [ˋsʌmɚ] | 夏天 |
| customer | [ˋkʌstəmɚ] | 顧客 |
| former | [ˋfɔrmɚ] | 從前的 |

summer

## barber 理髮師

| September | [sɛpˋtɛmbɚ] | 九月 |
| October | [ɑkˋtobɚ] | 十月 |
| November | [noˋvɛmbɚ] | 十一月 |

September

87

**用聽的記單字，不用背就記的住！**

an + ger = anger

生氣　Mom is in **anger**. 媽媽正在生氣。

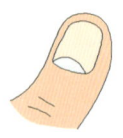

fin + ger = finger

手指　I cut my **finger** while preparing the dinner.
　　　我準備晚餐的時候切到手指了。

hun + ger = hunger

飢餓　Many children in poor countries are suffering from **hunger**. 許多貧窮國家的小孩飽受飢餓之苦。

bit + ter = bitter

苦的　This cup of coffee tastes **bitter**. 這杯咖啡喝起來很苦。

but + ter = butter

奶油　I'd like some bread and **butter**, please.
　　　我要麵包和奶油，謝謝。

but + ter + fly = butterfly

蝴蝶　She is looking at the **butterfly**. 她盯著那隻蝴蝶看。

88

sum + mer = summer

夏天

There are many tourists in **summer**. 夏天有很多觀光客。

cus + to + mer = customer

顧客

The **customer** asked for a refund.
那位顧客要求退款。

for + mer = former

從前的

Do you choose the **former** or the latter?
你選前者還是後者？

Sep + tem + ber = September

九月

Vera's birthday is on **September** 2nd.
薇拉的生日是九月二號。

Oc + to + ber = October

十月

I will go to Japan for tour this **October**.
我今年十月要去日本玩。

No + vem + ber = November

十一月

Jill went to Germany last **November**.
吉兒去年十一月去德國。

# d [d]

| de- [dɪ]，字首，表示「離開、低下、完全、否定、減少」之意 | dif- [dɪf]，字首，表示「相反、否定」之意 | dis- [dɪs]，字首，表示「相反、否定、分離、奪去、不」之意 |
|---|---|---|
| **de**bate 爭論<br>**de**cide 決定<br>**de**crease 減少<br>**de**gree 度數<br>**de**licious 美味的<br>**de**liver 運送<br>**de**pend 依賴<br>**de**scribe 描述<br>**de**sign 設計<br>**de**sire 慾望<br>**de**ssert 點心<br>**de**tect 偵查<br>**de**velop 發展 | **dif**ference 差異<br>**dif**fer 相異<br>**dif**ferent 不同的<br>**dif**ficult 困難的<br>**dif**ficulty 困難<br>**dif**fidence 缺乏自信<br>**dif**fident 缺乏自信的<br>**dif**fuse 傳播、散佈<br>**dif**fusible 可散佈的<br>**dif**fusion 散佈、瀰漫 | **dis**appear 消失<br>**dis**abled 有殘疾的<br>**dis**advantage 劣勢、缺點<br>**dis**agree 不同意<br>**dis**appoint 使失望<br>**dis**approve 不贊同<br>**dis**aster 災難<br>**dis**count 折扣<br>**dis**cover 發現<br>**dis**cuss 討論<br>**dis**cussion 討論<br>**dis**honest 不誠實的<br>**dis**like 不喜歡 |

# d [d]

| dress [drɛs]<br>時裝 | doubt [daʊt]<br>懷疑、猶豫 | -duce [djus]，字尾，表示「導向」之意 |
|---|---|---|
| **dress**er 梳妝台<br>hair **dress**er 理髮師<br>ad**dress** 住址 | **doubt**ful 令人懷疑的<br>**doubt**less 無疑的<br>self-**doubt** 自我懷疑 | intro**duce** 介紹、引進<br>pro**duce** 製造<br>re**duce** 減少 |

# er [ɚ]

| -er [ɚ]，字尾，有<br>「做某事的人、…人」之意 | -er [ɚ]，字尾，<br>有「…的工具」之意 |
|---|---|
| hunt 打獵 → hunt**er** 獵人 | erase 清除 → eras**er** 橡皮擦 |
| law 法律 → lawy**er** 律師 | speak 說話 → speak**er** 擴音器 |
| lead 帶領 → lead**er** 領導者 | freeze 冷凍 → freez**er** 冷凍庫 |
| lose 輸 → los**er** 輸家 | hang 掛 → hang**er** 衣架 |
| manage 管理 → manag**er** 經理 | heat 加熱 → heat**er** 暖氣機 |
| own 擁有 → own**er** 擁有者 | lock 上鎖 → lock**er** 有鎖的置物櫃 |
| paint 繪畫 → paint**er** 畫家 | record 記錄 → record**er** 錄音機 |
| report 報告 → report**er** 記者 | rule 規則 → rul**er** 尺 |
| sing 唱歌 → sing**er** 歌星 | sauce 醬料 → sauc**er** 小碟子 |
| teach 教導 → teach**er** 老師 | scoot 急走 → scoot**er** 摩托車 |
| win 贏 → winn**er** 贏家 | slip 滑動 → slipp**ers** 拖鞋 |
| write 寫作 → writ**er** 作家 | sneak 潛行 → sneak**ers** 帆布鞋 |
| old 老的 → eld**er** 年長者 | sweat 流汗 → sweat**er** 毛衣 |
| strange 陌生的 → strang**er** 陌生人 | |

## 學會自然發音

**字母** f
**發音符號** [f]

**Rap記憶口訣**

# 皮ㄈㄨ的ㄈㄨ [ f f f ]

020-1

### 發音規則

字母 f 通常都唸成 [f]

### 用故事記發音規則

f 小弟太窮了,『付』不出錢,到處欠帳,所以 f 總是唸成 [ f ]。

(對話框：我的皮ㄈㄨ很光滑)

### 聽rap記單字

一邊聽 rap,一邊注意字母 f [f] 的發音,就能很快把單字記住喔!

020-2

| | | |
|---|---|---|
| 1 | **f**rog 青蛙 | 字母 f,[fff],字母 r,[rrr],<br>f.r f.r,[fr fr],frog |
| 2 | **f**ight 打架 | 字母 f,[fff],字母 i,[aɪ aɪ],<br>f.i f.i,[faɪ faɪ],fight |
| 3 | **f**ly 蒼蠅 | 字母 f,[fff],字母 l,[lll],<br>f.l f.l,[fl fl],fly |
| 4 | **f**amily 家族 | 字母 f,[fff],字母 a,[æ æ],<br>f.a f.a,[fæ fæ],family |

92

## frog 青蛙

| fry | [fraɪ] | 油炸 |
| fries | [fraɪz] | 炸薯條 |
| Friday | [ˋfraɪˏde] | 星期五 |

fry

## fight 打架

| five | [faɪv] | 五 |
| fire | [faɪr] | 火焰 |
| fine | [faɪn] | 好的 |

five

# f [f]

## fly 蒼蠅

| flag | [flæg] | 旗子 |
| flu | [flu] | 感冒 |
| flute | [flut] | 笛子 |

flag

## family 家族

| fact | [fækt] | 事實 |
| fantastic | [fænˋtæstɪk] | 了不起的 |
| fanlight | [ˋfænˏlaɪt] | 扇形窗 |

fact

93

用聽的記單字，不用背就記的住！

fr + y = fry

油炸　Mom is **frying** chicken. 媽媽正在炸雞肉。

fri + es = fries

炸薯條　I ordered a hamburger with **fries**.
我點了附薯條的漢堡餐。

Fri + day = Friday

星期五　Tomorrow is **Friday**. 明天是星期五。

fiv + e = five

五　Sophie has **five** meals a day. 蘇菲一天吃五餐。

fir + e = fire

火焰　Do you know how to start a **fire**? 你知道要怎麼生火嗎？

fin + e = fine

好的　The food is just **fine**. 食物還不錯。

fla + g = flag

旗子 He cannot recognize the national **flag** of Nigeria.
他不認得奈及利亞的國旗。

fl + u = flu

感冒 She is doing the research on **flu** virus.
她在做感冒病毒的相關研究。

flu + te = flute

笛子 Do you know the opera "Magic **Flute**" composed by Mozart? 你知道莫札特寫的歌劇《魔笛》嗎？

fac + t = fact

事實 All I want is the **fact**. 我要的是事實。

fan + tas + tic = fantastic

了不起的 The fireworks show is f**antastic**!
這場煙火表演真是太精采了！

fan + light = fanlight

扇形窗 The **fanlight** is above the door. 扇形窗在門的上方。

95

## 學會自然發音
**字母 g**
**發音符號 [g]**

### Rap記憶口訣
# G小弟割到手 [ ggg ]

021-1

### 發音規則
字母 g 大部分都唸成 [g]

### 用故事記發音規則
小雞(g)大部分的時間都在『咯咯』叫，所以 g 常常唸成 [ g ]。

### 聽rap記單字
一邊聽 rap，一邊注意字母 g [g] 的發音，就能很快把單字記住喔！

021-2

| | | |
|---|---|---|
| 1 | do**g** 狗 | 字母 o，[ɔɔɔ]，字母 g，[ggg]，o.g o.g，[ɔg ɔg]，dog |
| 2 | **g**love 棒球手套 | 字母 g，[ggg]，字母 l，[lll]，g.l g.l，[gl gl]，glove |
| 3 | **g**uitar 吉他 | 字母 g，[ggg]，字母 u，不發音，g.u g.u，[gg]，guitar |
| 4 | pi**g** 豬 | 字母 i，[ɪɪɪ]，字母 g，[ggg]，i.g i.g，[ɪg ɪg]，pig |

## dog 狗

| hot d**og** | [hɑt dɔg] | 熱狗 |
| f**og** | [fɔg] | 霧 |
| f**og**gy | [`fɔgɪ] | 有霧的 |

hot d**og**

## **g**love 棒球手套

| **g**lass | [glæs] | 玻璃杯 |
| **g**lasses | [`glæsɪz] | 眼鏡 |
| **g**lue | [glu] | 膠水 |

**g**lass

# g [g]

## **gu**itar 吉他

| **gu**ard | [gɑrd] | 警衛 |
| **gu**ess | [gɛs] | 猜 |
| **gu**est | [gɛst] | 客人 |

**gu**ard

## p**ig** 豬

| b**ig** | [bɪg] | 大的 |
| d**ig** | [dɪg] | 挖 |
| f**ig** | [fɪg] | 無花果 |

b**ig**

用聽的記單字，不用背就記的住！

hot + dog = hot dog

熱狗

I like my **hot dog** garnished with mustard.
我喜歡在熱狗堡上加芥末醬。

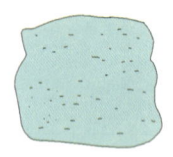

f + og = fog

霧

**Fog** is different from cloud. 霧和雲不一樣。

fog + gy = foggy

有霧的

London is a **foggy** city. 倫敦是霧都。

gla + ss = glass

玻璃杯

I'd like a **glass** of grape juice, please.
請給我一杯葡萄汁，謝謝。

gla + ss + es = glasses

眼鏡

Benjamin wears **glasses**. 班傑明有戴眼鏡。

glu + e = glue

膠水

Can you lend me a bottle of **glue**? 你能借我一罐膠水嗎？

98

guar + d = guard

警衛　These **guards** are well-trained. 這些警衛都受過良好訓練。

gue + ss = guess

猜　I **guess** you know the answer. 我猜你知道答案。

gue + st = guest

客人　We are waiting for the **guests**. 我們在等候客人。

b + ig = big

大的　I want the **big** one! 我要大的那一個！

d + ig = dig

挖　The dog is **digging** a hole in the yard.
小狗在院子裡挖洞。

f + ig = fig

無花果　I bought some fresh **figs**.
我買了一些新鮮的無花果。

99

## 學會自然發音

字母 **g**
發音符號 **[dʒ]**

**Rap記憶口訣**

## G小弟 擠牛奶
### [ dʒ dʒ dʒ ]

**發音規則**

g 後面接字母 e、i、y 時，通常唸成 [dʒ]

**用故事記發音規則**

小『雞』學走路，摔了一(e)跤，鼻梁歪(y)了，痛得哎哎(i)叫，所以唸 [ dʒ ]。

**聽rap記單字**

一邊聽 rap，一邊注意字母 g [dʒ] 的發音，就能很快把單字記住喔！

| | | |
|---|---|---|
| 1 | magician 魔法師 | 字母 g，[dʒ dʒ dʒ]，字母 i，[ɪɪɪ]，g.i g.i，[dʒɪ dʒɪ dʒɪ]，magician |
| 2 | energy 能量 | 字母 g，[dʒ dʒ dʒ]，字母 y，[ɪɪɪ]，g.y g.y，[dʒɪ dʒɪ dʒɪ]，energy |
| 3 | dodge 躲避 | 字母 d，不發音，g.e g.e，[dʒ dʒ dʒ]，d.g.e d.g.e，[dʒ dʒ dʒ]，dodge |
| 4 | cage 籠子 | 字母 a，[eee]，g.e g.e，[dʒ dʒ dʒ]，a.g.e a.g.e，[edʒ edʒ]，cage |

100

## magician 魔法師

| magic | [ˋmædʒɪk] | 魔法 |
| logic | [ˋlɑdʒɪk] | 邏輯 |
| imagine | [ɪˋmædʒɪn] | 想像 |

magic

## energy 能量

| biology | [baɪˋɑlədʒɪ] | 生物學 |
| technology | [tɛkˋnɑlədʒɪ] | 科技 |
| stingy | [ˋstɪndʒɪ] | 小氣的 |

biology

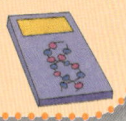

## g [dʒ]

## dodge 躲避

| bridge | [brɪdʒ] | 橋 |
| edge | [ɛdʒ] | 邊緣 |
| judge | [dʒʌdʒ] | 評斷 |

bridge

## cage 籠子

| age | [edʒ] | 年紀 |
| page | [pedʒ] | 一頁 |
| stage | [stedʒ] | 講台 |

age

**用聽的記單字，不用背就記的住！**

ma + gic = magic

魔法

The fairy's **magic** changes pumpkins into carriages.
仙女用魔法把南瓜變成馬車。

lo + gic = logic

邏輯

I cannot understand your **logic**. 我不懂你的邏輯。

i + ma + gine = imagine

想像

Carrie cannot **imagine** his anger at finding the vase broken. 凱莉無法想像他發現花瓶破掉時會有多生氣。

bi + ol + o + gy = biology

生物學

Claire majors in **biology**. 克萊兒主修生物學。

tech + nol + o + gy = technology

科技

He is interested in biological **technology**.
他對生物科技很有興趣。

stin + gy = stingy

小氣的

Don't be so **stingy**. 別這麼小氣。

102

bri + dge = bridge

橋

London **Bridge** is falling down. 倫敦鐵橋垮下來。

e + dge = edge

邊緣

Be careful not to touch the **edge** of the knife.
小心別碰到刀鋒。

ju + dge = judge

評斷

Don't **judge** a person by his appearance.
不要以貌取人。

a + ge = age

年紀

I used to read a lot of books when I was his **age**.
我在他那個年紀時讀很多書。

p + age = page

一頁

Please open your book and turn to **page** 158.
請打開課本,翻到第158頁。

st + age = stage

講台

The singer is singing on the **stage**. 歌手在講台上唱歌。

103

## 學會自然發音

**字母** h
**發音符號** [h]

### Rap記憶口訣
# 喝到熱水 [ h h h ]

### 發音規則
字母 h 通常都唸成 [h]

### 用故事記發音規則
h 小弟最愛『喝』玉米濃湯，所以唸成 [ h ]。

### 聽rap記單字
一邊聽 rap，一邊注意字母 h [h] 的發音，就能很快把單字記住喔！

| | | |
|---|---|---|
| 1 | **h**en 母雞 | 字母 h，[hhh]，字母 e，[εεε]，h.e h.e，[hε hε hε]，hen |
| 2 | **h**as 有 | 字母 h，[hhh]，字母 a，[æææ]，h.a h.a，[hæ hæ hæ]，has |
| 3 | **h**op 跳躍 | 字母 h，[hhh]，字母 o，[ɑɑɑ]，h.o h.o，[hɑ hɑ hɑ]，hop |
| 4 | **h**ill 小山丘 | 字母 h，[hhh]，字母 i，[ɪɪɪ]，h.i h.i，[hɪ hɪ hɪ]，hill |

## hen 母雞

| hello | [hə`lo] | 哈囉 |
| help | [hɛlp] | 幫助 |
| helpful | [`hɛlpfəl] | 有益的 |

hello

## has 有

| hand | [hænd] | 手 |
| handkerchief | [`hæŋkɚˌtʃɪf] | 手帕 |
| handle | [`hændl̩] | 手把 |

hand

# h [h]

## hop 跳躍

| hot | [hɑt] | 熱的 |
| hobby | [`hɑbɪ] | 嗜好 |
| hospital | [`hɑspɪtl̩] | 醫院 |

hot

## hill 小山丘

| hit | [hɪt] | 敲 |
| hip | [hɪp] | 臀部 |
| hippo | [`hɪpo] | 河馬 |

hit

105

**用聽的記單字，不用背就記的住！**

hel + lo = hello

哈囉　Say **hello** to your teacher. 向你的老師說哈囉。

hel + p = help

幫助　May I **help** you? 需要我幫忙嗎？

help + ful = helpful

有益的　This advice is **helpful** to the new employees.
這個建議對新員工很有幫助。

han + d = hand

手　Wash your **hands** before eating dinner.
吃晚餐前先洗手。

hand + ker + chief = handkerchief

手帕　I am washing my **handkerchief**. 我在洗我的手帕。

han + dle = handle

把手　Just turn the **handle** here and you can open the door.
只要轉動這個門把，你就可以把門打開。

106

ho + t = hot

**熱的** I like to drink **hot** milk before I go to bed.
我喜歡在上床睡覺前喝杯熱牛奶。

hob + by = hobby

**嗜好** What is your **hobby**, Denny? 丹尼，你的嗜好是什麼？

hos + pi + tal = hospital

**醫院** Her sick grandmother is in the **hospital**.
她生病的祖母正在住院。

hi + t = hit

**敲** He is **hitting** a nail into the wall. 他正把釘子釘進牆壁上。

hi + p = hip

**臀部** Just shake your **hips**! 搖動你的臀部！

hip + po = hippo

**河馬** The **hippo** is a large animal. 河馬是體型大的動物。

107

學會自然發音
字母 **i**
發音符號 [ I ]

Rap記憶口訣

# PIG吃飯比賽得第一 [ I I I ]

### 發音規則

子音 + i + 子音，i 唸短音的 [I]

### 用故事記發音規則

i 媽媽的兩個兒子都在當兵，每天都要唸口號『1、1、1-2-1』，所以唸 [ I ]。

吃飯比賽我得第一名

### 聽rap記單字

一邊聽 rap，一邊注意字母 i [I] 的發音，就能很快把單字記住喔!

| 1 biscuit 小圓麵包 | 字母 b，[bbb]，字母 i，[III]，b.i b.i，[bI bI]，biscuit |
| --- | --- |
| 2 fish 魚 | 字母 f，[fff]，字母 i，[III]，f.i f.i，[fI fI]，fish |
| 3 dish 盤子 | 字母 d，[ddd]，字母 i，[III]，d.i d.i，[dI dI]，dish |
| 4 delicious 美味 | 字母 l，[lll]，字母 i，[III]，l.i l.i，[lI lI]，delicious |

## biscuit 小圓麵包

| bikini | [bɪˋkini] | 比基尼泳裝 |
| bill | [bɪl] | 帳單 |
| bin | [bɪn] | 塑膠桶 |

**bi**kini

## fish 魚

| fifty | [fɪftɪ] | 五十 |
| fill | [fɪl] | 填充 |
| film | [fɪlm] | 底片 |

**fi**fty

# i [ɪ]

## dish 盤子

| disk | [dɪsk] | 光碟 |
| distance | [ˋdɪstəns] | 距離 |
| dictionary | [ˋdɪkʃənˌɛrɪ] | 字典 |

**di**sk

## delicious 美味

| lid | [lɪd] | 蓋子 |
| lift | [lɪft] | 舉起 |
| lip | [lɪp] | 嘴唇 |

**li**d

109

**用聽的記單字，不用背就記的住！**

bi + ki + ni = bikini

比基尼泳裝

A **bikini** is a type of women's swimsuit.
比基尼是一種女用泳裝。

bil + l = bill

帳單

I received a **bill** for 100 dollars.
我收到一張100美元的帳單。

bi + n = bin

塑膠桶

I put those potatoes into a **bin**.
我把那些馬鈴薯放進塑膠桶裡。

fif + ty = fifty

五十

I paid **fifty** dollars for the dress.
我付了50美元買這件洋裝。

fil + l = fill

填充

Mom **filled** my glass with orange juice.
媽媽在我杯子裡倒滿了柳橙汁。

fil + m = film

底片

I bought a roll of **film** for my camera.
我買了一捲相機底片。

**dis + k = disk**

光碟　Please put the **disk** into the case.
請把這片光碟片放進盒子裡。

**dis + tan + ce = distance**

距離　It is a long **distance** from Paris to Taipei.
巴黎離台北很遠。

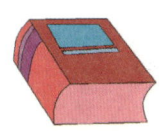

**dic + tion + ary = dictionary**

字典　Why don't you consult the **dictionary**?
你為什麼不查字典呢？

**li + d = lid**

蓋子　Please put the **lid** on the bottle. 請把瓶蓋蓋上。

**lif + t = lift**

舉起　He can **lift** a heavy box. 他能舉起很重的箱子。

**li + p = lip**

嘴唇　I am learning **lip** language. 我正在學習唇語。

111

### 學會自然發音
**字母 i**
**發音符號 [aɪ]**

**Rap記憶口訣**

放風箏 fly a kite
飛走了 哎 [ aɪ aɪ ]

**發音規則**

i + 子音 + e，i 唸 [aɪ]

**用故事記發音規則**

公車好擠喔！有個小孩子被擠在 i 媽媽和 e 媽媽中間，「哎」呀～頭都昏了。所以唸 [ aɪ ]。

**聽rap記單字**

一邊聽 rap，一邊注意字母 i [aɪ] 的發音，就能很快把單字記住喔！

**1 like 喜歡**
字母 l，[lll]，字母 i，[aɪ aɪ aɪ]，
l.i l.i，[laɪ laɪ]，like

**2 ride 騎**
字母 r，[rrr]，字母 i，[aɪ aɪ aɪ]，
r.i r.i，[raɪ raɪ]，ride

**3 mile 英里**
字母 m，[mmm]，字母 i，[aɪ aɪ aɪ]，
m.i m.i，[maɪ maɪ]，mile

**4 exercise 運動**
字母 c，[sss]，字母 i，[aɪ aɪ aɪ]，
c.i c.i，[saɪ saɪ saɪ]，exercise

## like 喜歡

| likely | [ˈlaɪklɪ] | 可能的 |
| line | [laɪn] | 直線 |
| slide | [slaɪd] | 滑動 |

likely

## ride 騎

| arrive | [əˈraɪv] | 抵達 |
| drive | [draɪv] | 駕駛 |
| driver | [ˈdraɪvɚ] | 駕駛員 |

arrive

# i [aɪ]

## mile 英里

| smile | [smaɪl] | 微笑 |
| mine | [maɪn] | 我的東西 |
| mice | [maɪs] | 老鼠們 |

smile

## exercise 運動

| excite | [ɪkˈsaɪt] | 使興奮 |
| excited | [ɪkˈsaɪtɪd] | 興奮的 |
| decide | [dɪˈsaɪd] | 做決定 |

excite

113

**用聽的記單字，不用背就記的住！**

li + ke + ly = **likely**

可能的
Jeff is **likely** to be in New Jersey this September.
今年九月傑夫可能會在紐澤西。

li + ne = **line**

（直）線
Kate draws a **line** on a piece of paper.
凱特在一張紙上畫線。

sli + de = **slide**

滑動
The car **slid** because of the rain. 汽車因雨打滑。

ar + rive = **arrive**

抵達
Rita **arrived** in Taipei last Friday.
麗塔上個禮拜五抵達台北。

d + rive = **drive**

駕駛
Can you **drive** a car? 你會開車嗎？

dri + ver = **driver**

駕駛員
I paid 5 dollars to the taxi **driver**.
我付了5美元給計程車司機。

114

smi + le = smile

微笑　What is Jimmy **smiling** at? 吉米在笑什麼？

mi + ne = mine

我的東西　Those pens are **mine**. 那些筆是我的。

mi + ce = mice

老鼠們　It is a movie about **mice**. 那是一部關於老鼠的影片。

ex + cite = excite

使興奮　The news **excites** me. 這個消息令我大感興奮。

ex + ci + ted = excited

興奮的　He is **excited** about the concert. 他對演唱會感到興奮。

de + cide = decide

做決定　It is very difficult to **decide**. 要做決定很難。

## 學會自然發音

字母 **ir**

發音符號 [ɝ]

### Rap記憶口訣
# 小鳥兒舌頭捲起來
[ ɝ ɝ ɝ ]

### 發音規則
ir 在一起時，唸成 [ɝ]

### 用故事記發音規則
i 媽媽和 r 小妹一起唱『兒』歌。所以 ir 唸 [ɝ]。

### 聽rap記單字
一邊聽 rap，一邊注意字母 ir [ɝ] 的發音，就能很快把單字記住喔！

| | | |
|---|---|---|
| 1 | sk**ir**t 裙子 | 字母 k，[kkk]，i.r i.r，[ɝ ɝ]，k.i.r k.i.r，[kɝ kɝ]，skirt |
| 2 | g**ir**l 女孩 | 字母 g，[ggg]，i.r i.r，[ɝ ɝ]，g.i.r g.i.r，[gɝ gɝ]，girl |
| 3 | f**ir**st 第一的 | 字母 f，[fff]，i.r i.r，[ɝ ɝ]，f.i.r f.i.r，[fɝ fɝ]，first |
| 4 | b**ir**thday 生日 | 字母 b，[bbb]，i.r i.r，[ɝ ɝ]，b.i.r b.i.r，[bɝ bɝ]，birthday |

## skirt 裙子

| sir | [sɝ] | 先生 |
| shirt | [ʃɝt] | 襯衫 |
| T-shirt | [ˋtiˌʃɝt] | T恤 |

sir

## girl 女孩

| stir | [stɝ] | 攪拌 |
| dirt | [dɝt] | 灰塵 |
| dirty | [ˋdɝtɪ] | 骯髒的 |

stir

# ir [ɝ]

## first 第一的

| thirsty | [ˋθɝstɪ] | 口渴的 |
| thirty | [ˋθɝtɪ] | 三十 |
| third | [θɝd] | 第三的 |

thirsty

## birthday 生日

| birth | [bɝθ] | 誕生 |
| bird | [bɝd] | 小鳥 |
| firm | [fɝm] | 堅固的 |

birth

### 用聽的記單字，不用背就記的住！

s + ir = sir

**先生**
This way, **sir**. 先生，這邊請。

sh + ir + t = shirt

**襯衫**
Do you like this pink **shirt**? 你喜歡這件粉紅色襯衫嗎？

T-sh + ir + t = T-shirt

**T恤**
I like to wear a **T-shirt**. 我喜歡穿T恤。

st + ir = stir

**攪拌**
Louis sugars his coffee and **stirs** it.
路易在咖啡裡加糖並攪拌。

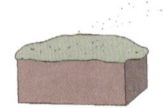

dir + t = dirt

**灰塵**
Wash the **dirt** off your face. 把你臉上的灰塵洗乾淨。

dir + ty = dirty

**骯髒的**
Be careful not to get your shirt **dirty**.
小心別把你的襯衫弄髒。

thir + sty = thirsty

口渴的　I am hungry and **thirsty**. 我又餓又渴。

thir + ty = thirty

三十　There are **thirty** days in June. 六月有30天。

thir + d = third

第三的　Billy wins the **third** place. 比利得到第三名。

bir + th = birth

誕生　We threw a party to celebrate Claire's **birth**.
我們舉辦了派對來慶祝克萊兒的誕生。

bir + d = bird

小鳥　He raises a beautiful **bird**. 他養了一隻美麗的鳥兒。

fir + m = firm

堅固的　The desk is **firm**. 書桌很堅固。

119

## f [f]

| fin- [fɪn]，字首，表示「終端、結束」之意 | fit [fɪt] 與…相符合 | friend [frɛnd] 朋友 |
|---|---|---|
| **fin** 鰭<br>**fin**ger 手指<br>**fin**ish 完成、結束 | **fit**ness 健康<br>**fit**ting 試穿<br>pro**fit** 利潤 | **friend**ly 友善的<br>**friend**ship 友誼<br>un**friend**ly 不友善的 |

## f [f]

-ful [fəl]，形容詞字尾，表示「充滿…的、有…性質的」之意

| | |
|---|---|
| beauti**ful** 美麗的<br>care**ful** 小心的<br>color**ful** 多彩的<br>help**ful** 有幫助的<br>pain**ful** 疼痛的 | peace**ful** 和平的<br>skill**ful** 技術好的<br>success**ful** 成功的<br>use**ful** 有用的<br>wonder**ful** 良好的 |

## g [g]

| grand- [grænd]，字首，表示「家族中親屬關係相隔兩代」之意 | gold [gold] 黃金 |
|---|---|
| **grand**daughter 孫女<br>**grand**father 祖父、外公<br>**grand**mother 祖母、外婆<br>**grand**son 孫子<br>**grand**parents 祖父母<br>**grand**children 孫子女 | **gold**en 黃金的、金色的<br>**gold**fish 金魚<br>**gold**smith 金匠 |

# h [h]

| high [haɪ]<br>高的、高級的 | house [haʊs]<br>房屋、住所 | heart [hɑrt]<br>心、心臟 |
|---|---|---|
| **high**way 高速公路<br>junior **high** school 初中<br>senior **high** school 高中 | **house**wife 家庭主婦<br>**house**work 家事 | **heart**ache 心痛<br>**heart**beat 心跳<br>**heart**break 心碎 |

# i [ɪ]

| im- [ɪm]，字首，表示「不、向內、處於…境地」之意 | in [ɪn] 在…之內 | inter- [ɪntɚ]，字首，表示「在…之間、互相」之意 |
|---|---|---|
| **im**polite 不禮貌的<br>**im**port 進口<br>**im**portance 重要<br>**im**portant 重要的<br>**im**possible 不可能的<br>**im**press 使感動<br>**im**prove 改善 | **in**ch 英吋<br>**in**clude 包括<br>**in**crease 增加<br>**in**dependent 獨立的<br>**in**dicate 指出<br>**in**fluence 影響<br>**in**formation 訊息<br>**in**side 內部<br>**in**sist 堅持<br>**in**spire 給予靈感<br>**in**strument 樂器<br>**in**telligent 聰明的<br>**in**to 入內<br>**in**vent 發明<br>**in**vite 邀請 | **inter**est 利息<br>**inter**ested 有興趣的<br>**inter**esting 令人感興趣的<br>**inter**national 國際間的<br>**inter**net 網際網路<br>**inter**rupt 打斷<br>**inter**view 面試 |

## 學會自然發音
### 字母 j
### 發音符號 [dʒ]

**Rap記憶口訣**

# J小弟 擠牛奶
## [ dʒ dʒ dʒ ]

### 發音規則

字母 j 通常都唸成 [dʒ]

### 用故事記發音規則

j 小弟搭噴射『機』到處去旅行，所以 j 不管在哪裡出現都唸 [dʒ]。

### 聽rap記單字

一邊聽 rap，一邊注意字母 j [dʒ] 的發音，就能很快把單字記住喔!

**1 jogger** 慢跑者
字母 j，[dʒ dʒ dʒ]，字母 o，[ɑɑɑ]，
j.o j.o，[dʒɑ dʒɑ]，jogger

**2 jam** 果醬
字母 j，[dʒ dʒ dʒ]，字母 a，[æææ]，
j.a j.a，[dʒæ dʒæ]，jam

**3 reject** 拒絕
字母 j，[dʒ dʒ dʒ]，字母 e，[εεε]，
j.e j.e，[dʒε dʒε]，reject

**4 jump** 跳躍
字母 j，[dʒ dʒ dʒ]，字母 u，[ʌʌʌ]，
j.u j.u，[dʒʌ dʒʌ]，jump

## jogger 慢跑者

| jog | [dʒɑg] | 慢跑 |
| job | [dʒɑb] | 工作 |
| jobless | [ˋdʒɑblɪs] | 沒工作的 |

jog

## jam 果醬

| jacket | [ˋdʒækɪt] | 外套 |
| January | [ˋdʒænjʊˏɛrɪ] | 一月 |
| jazz | [dʒæz] | 爵士樂 |

jacket

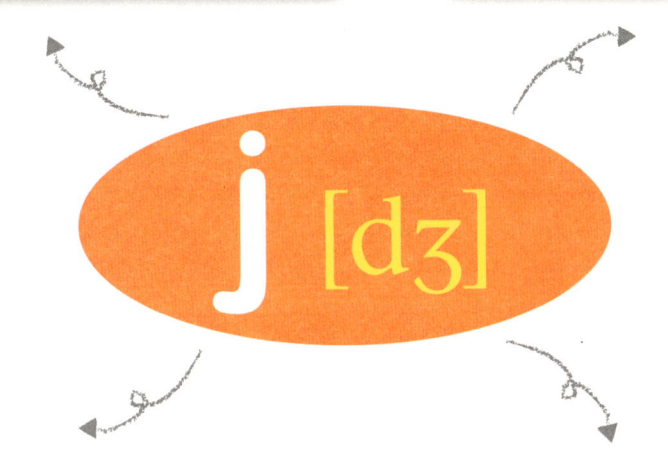

## j [dʒ]

## reject 拒絕

| object | [ˋɑbdʒɪkt] | 目標* |
| project | [prəˋdʒɛkt] | 企畫 |
| subject | [ˋsʌbdʒɪkt] | 學科* |

object

## jump 跳躍

| just | [dʒʌst] | 僅，只 |
| adjust | [əˋdʒʌst] | 調整 |
| juggle | [ˋdʒʌgl̩] | 雜耍 |

just

*因處於弱音節，[ɛ]的音弱化為[ɪ]

123

用聽的記單字，不用背就記的住！

jo + g = jog

慢跑　I **jog** every morning. 我每天早上都慢跑。

jo + b = job

工作　She is the best person for the **job**. 她很適合這份工作。

job + less = jobless

沒工作的　There are millions of **jobless** people.
有數百萬人失業。

jack + et = jacket

外套　Mom bought me a new **jacket**. 媽媽幫我買了新外套。

Jan + u + ary = January

一月　**January** is the first month of a year.
一月是一年的第一個月份。

jaz + z = jazz

爵士樂　I love **jazz**. 我愛爵士樂。

ob + ject = object

目標　What is your **object**? 你的目標是什麼？

pro + ject = project

企畫　He is doing a **project**. 他正在進行一項企畫。

sub + ject = subject

學科　English is my favorite **subject**. 英文是我最喜歡的學科。

jus + t = just

僅，只　He is **just** a little boy. 他只是個小男孩。

ad + just = adjust

調整　Remember to **adjust** your watch. 記得調整你的手錶。

jug + gle = juggle

雜耍　Cecil **juggles** with balls. 西索用球來玩雜耍。

125

## 學會自然發音

**字母** k
**發音符號** [k]

### Rap記憶口訣
# 咳嗽的咳 [ k k k ]

### 發音規則
字母 k 通常都唸成 [k]

### 用故事記發音規則
k 小弟身體不好，一天到晚『咳』不停，所以 k 不管在哪裡出現都唸 [ k ]。

### 聽rap記單字
一邊聽 rap，一邊注意字母 k [k] 的發音，就能很快把單字記住喔！

**1 monkey 猴子**
字母 k，[kkk]，e.y，[ɪɪɪ]，
k.e.y k.e.y，[kɪ kɪ]，monkey

**2 ask 詢問**
字母 s，[sss]，字母 k，[kkk]，
s.k s.k，[sk sk]，ask

**3 shark 鯊魚**
a.r a.r，[ɑr ɑr ɑr]，字母 k，[kkk]，
a.r.k a.r.k，[ɑrk ɑrk]，shark

**4 lake 湖**
字母 a，[eee]，字母 k，[kkk]，
a.k a.k，[ek ek]，lake

## monkey 猴子

| donkey | [ˋdɑŋkɪ] | 驢子 |
| jockey | [ˋdʒɑkɪ] | 騎師 |
| hockey | [ˋhɑkɪ] | 曲棍球 |

donkey

## ask 詢問

| skate | [sket] | 溜冰鞋 |
| ski | [ski] | 滑雪 |
| skin | [skɪn] | 皮膚 |

skate

# k [k]

## shark 鯊魚

| bark | [bɑrk] | 吠叫 |
| dark | [dɑrk] | 暗的 |
| mark | [mɑrk] | 分數 |

bark

## lake 湖

| cake | [kek] | 蛋糕 |
| make | [mek] | 製作 |
| mistake | [mɪˋstek] | 錯誤 |

cake

用聽的記單字，不用背就記的住！

don + key = donkey

驢子　Shrek and **Donkey** are good partners.
史瑞克和驢子是好伙伴。

jo + ckey = jockey

騎師　The horse finished the race without his **jockey**.
這匹馬在沒有騎師的狀況下跑完了比賽。

ho + ckey = hockey

曲棍球　Do you like to play ice **hockey**?
你喜歡打冰上曲棍球嗎？

sk + ate = skate

溜冰鞋　She has three pairs of **skates**. 她有三雙溜冰鞋。

sk + i = ski

滑雪　Let's go **skiing** this winter! 今年冬天去滑雪吧！

sk + in = skin

皮膚　Beauty is only **skin** deep. 美貌是膚淺的。

128

b + ark = bark

吠叫    A **barking** dog doesn't bite. 會叫的狗不咬人。

d + ark = dark

暗的    The color is **dark**. 這顏色很暗。

m + ark = mark

分數    The teacher **marked** the exam papers.
老師在考試卷上打分數。

c + ake = cake

蛋糕    Their chocolate **cake** is really delicious.
他們的巧克力蛋糕真是美味。

m + ake = make

製作    Do you want to **make** a gingerbread house with me?
你想跟我一起做薑餅屋嗎？

mis + take = mistake

錯誤    There is no spelling **mistake** in Jill's composition.
吉兒的作文裡沒有任何拼字錯誤。

129

## 學會自然發音

**字母** l
**發音符號** [l]

**Rap記憶口訣**

# 雷公生氣了打雷了 [ lll ]

### 發音規則

字母 l 出現在母音前，唸成 [l]

### 用故事記發音規則

l 小弟跑在媽媽前面，真『厲』害，所以 l 出現在母音前面都唸 [l]。

### 聽rap記單字

一邊聽 rap，一邊注意字母 l [l] 的發音，就能很快把單字記住喔！

| # | | |
|---|---|---|
| 1 | **l**ion 獅子 | 字母 l，[lll]，字母 i，[aɪ aɪ aɪ]，l.i l.i，[laɪ laɪ]，lion |
| 2 | **l**ick 舔 | 字母 l，[lll]，字母 i，[ɪɪɪ]，l.i l.i，[lɪ lɪ]，lick |
| 3 | b**l**ack 黑色的 | 字母 l，[lll]，字母 a，[æææ]，l.a l.a，[læ læ]，black |
| 4 | **l**eg 腿 | 字母 l，[lll]，字母 e，[ɛɛɛ]，l.e l.e，[lɛ lɛ]，leg |

## lion 獅子

| library | [ˈlaɪˌbrɛrɪ] | 圖書館 |
| light | [laɪt] | 光 |
| lightning | [ˈlaɪtnɪŋ] | 閃電 |

library

## lick 舔

| list | [lɪst] | 條列項目 |
| listen | [ˈlɪsn̩] | 聽 |
| little | [ˈlɪtl̩] | 小的 |

list

# l [l]

029-3

## black 黑色的

| blackboard | [ˈblækˌbord] | 黑板 |
| blank | [blæŋk] | 空白 |
| blanket | [ˈblæŋkɪt] | 毯子 |

blackboard

## leg 腿

| left | [lɛft] | 左邊 |
| lemon | [ˈlɛmən] | 檸檬 |
| lend | [lɛnd] | 借 |

left

131

**用聽的記單字，不用背就記的住！**

li + bra + ry = library

圖書館　Sally often goes to the **library**. 莎莉常常去圖書館。

li + ght = light

光　Do you know the speed of **light**? 你知道光速嗎？

li + ght + ning = lightning

閃電　Little Linda is afraid of thunder and **lightning**.
小琳達害怕打雷和閃電。

lis + t = list

條列項目　Would you put my name on the waiting **list**?
你會把我的名字寫在候補名單上嗎？

lis + ten = listen

聽　**Listen** carefully to the teacher. 注意聽老師在說什麼。

lit + tle = little

小的　We found a **little** cat under a car.
我們發現一隻小貓在車子底下。

b + **lack** + board = bl**ack**board

黑板　The teacher is writing some sentences on the **blackboard**.
老師正在黑板上寫幾個句子。

b + **lan** + k = b**lan**k

空白　This is a **blank** check. 這是一張空白支票。

b + **lan** + ket = b**lan**ket

毯子　Linus is always holding the blue **blanket**.
奈勒斯總是抱著那條藍色毯子。

**lef** + t = **lef**t

左邊　Please turn **left** at the corner. 請在轉角處左轉。

**lem** + on = **lem**on

檸檬　Grandma's **lemon** pie is the best.
奶奶做的檸檬派是最棒的。

**len** + d = **len**d

借(出)　Could you **lend** me a pen? 你能借我一支筆？

133

## 學會自然發音

字母 l
發音符號 [l]

### Rap記憶口訣

# 游泳池 pool pool
# [ l l l ]

### 發音規則

字母 l 出現在母音後，唸成 [l]

### 用故事記發音規則

l 小弟跑在媽媽後面，跌了一跤，痛的唉『喔』唉『喔』叫，所以 l 出現在母音後面都唸 [ l ]。

### 聽rap記單字

一邊聽 rap，一邊注意字母 l [l] 的發音，就能很快把單字記住喔！

|  |  |  |
|---|---|---|
| 1 | ill 生病 | 字母 i，[ɪɪɪ]，字母 l，[lll]，i.l.l，[ɪl ɪl]，ill |
| 2 | snail 蝸牛 | a.i a.i，[eee]，字母 l，[lll]，a.i.l，[el el]，snail |
| 3 | fall 掉落 | a.l a.l，[ɔɔɔ]，字母 l，[lll]，a.l.l，[ɔl ɔl]，fall |
| 4 | pool 水池 | o.o o.o，[uuu]，字母 l，[lll]，o.o.l，[ul ul]，pool |

## ill 生病

| | | |
|---|---|---|
| kill | [kɪl] | 殺死 |
| skill | [`skɪl] | 技術 |
| still | [stɪl] | 仍然 |

kill

## snail 蝸牛

| | | |
|---|---|---|
| nail | [nel] | 指甲 |
| mail | [mel] | 郵件 |
| fail | [fel] | 失敗 |

nail

## l [l]

## fall 掉落

| | | |
|---|---|---|
| call | [kɔl] | 打電話 |
| hall | [hɔl] | 大廳 |
| mall | [mɔl] | 購物中心 |

call

## pool 水池

| | | |
|---|---|---|
| cool | [kul] | 涼爽的 |
| fool | [ful] | 傻瓜 |
| school | [skul] | 學校 |

cool

## 用聽的記單字，不用背就記的住！

kil + l = kill

**殺死** Curiosity **kills** the cat. 好奇心殺死貓。

s + kill = skill

**技術** He is a painter of great **skill**.
他是一位技藝高超的畫家。

s + till = still

**仍然** I am **still** waiting for your answer. 我還在等你的答案。

n + ail = nail

**指甲** Do you want to buy **nail** polish? 妳想買指甲油嗎？

m + ail = mail

**郵件** You've got **mail**. 您有郵件。

f + ail = fail

**失敗** Harry Potter **failed** to defend his schoolmaster.
哈利波特沒能保護他的校長。

136

c + all = call

打電話　May I **call** you? 我可以打電話給你嗎？

h + all = hall

大廳　Please enter the **hall**. 請進大廳。

m + all = mall

購物中心　We will go to the shopping **mall** this weekend.
我們這個週末要去逛購物中心。

c + ool = cool

涼爽的　It's **cool** and windy. 天氣涼爽又有風。

f + ool = fool

傻瓜　Don't take me for a **fool**. 別把我當笨蛋。

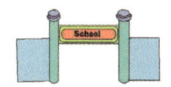

sch + ool = school

學校　Which **school** do you prefer? 你比較喜歡哪間學校？

137

## 學會自然發音

**字母 m**
**發音符號 [m]**

### Rap記憶口訣
# 為什麼？[ m m m ]

### 發音規則
字母 m 出現在母音前，唸 [m]

### 用故事記發音規則
m 小弟跑到媽媽面前，問：「為什『麼』？」，所以字母 m 出現在母音前面都唸 [ m ]。

### 聽rap記單字

一邊聽 rap，一邊注意字母 m [m] 的發音，就能很快把單字記住喔！

**1 mean 小氣的**
字母 m，[mmm]，e.a e.a，[iii]，m.e.a，[mi mi]，mean

**2 manager 經理**
字母 m，[mmm]，字母 a，[æææ]，m.a m.a，[mæ mæ]，manager

**3 milk 牛奶**
字母 m，[mmm]，字母 i，[ɪɪɪ]，m.i m.i，[mɪ mɪ]，milk

**4 menu 菜單**
字母 m，[mmm]，字母 e，[εεε]，m.e m.e，[mε mε]，menu

138

## mean 小氣的

| meaning | [`minɪŋ] | 意義 |
| meal | [mil] | 餐點 |
| meat | [mit] | 肉 |

meaning good = 好的

## manager 經理

| manner | [`mænɚ] | 規矩 |
| madam | [`mædəm] | 女士 |
| master | [`mæstɚ] | 大師 |

manner

# m [m]

## milk 牛奶

| million | [`mɪljən] | 百萬 |
| middle | [`mɪdl̩] | 中間的 |
| midnight | [`mɪd,naɪt] | 午夜 |

million

## menu 菜單

| medicine | [`mɛdəsn̩] | 藥 |
| men | [mɛn] | 男人們 |
| metal | [`mɛtl̩] | 金屬 |

medicine

139

**用聽的記單字，不用背就記的住！**

good = 好的

mea + ning = meaning

意義

Do you understand the **meaning** of her lecture?
你知道她的演說是什麼意思嗎？

mea + l = meal

餐點

Don't eat snacks between **meals**.
別在正餐之間吃零食。

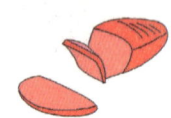

mea + t = meat

肉

Eat red **meat** too often is not good for health.
太常吃紅肉有害健康。

man + ner = manner

規矩

It is bad **manners** to talk with mouth full.
邊吃東西邊說話很沒禮貌。

mad + am = madam

女士

May I help you, **madam**? 能為您效勞嗎，女士？

mas + ter = master

大師

He is a **master** of none. 他這個人什麼都不專精。

140

mil + lion = million

百萬　There are seven **million** people in the country.
這個國家有七百萬人口。

mid + dle = middle

中間的　Her **middle** name is Katherine. 她的中間名是凱薩琳。

mid + night = midnight

午夜　The airplane is leaving at **midnight**. 飛機將在午夜起飛。

med + i + cine = medicine

藥　Take this **medicine** after meals. 這藥在飯後吃。

me + n = men

男人們　**Men** and women are equal. 男人和女人是平等的。

met + al = metal

金屬　Do you know the definition of **metal** fatigue?
你知道金屬疲勞的定義嗎？

# 學會自然發音

字母 **m**
發音符號 [m]

### Rap記憶口訣

火腿好好吃
好好吃 [ m m m ]

### 發音規則

字母 m 出現在母音後，唸成 [m]。

### 用故事記發音規則

m 小弟吃火腿（ham），[mmm]。所以字母 m 出現在母音後面都唸成 [ m ]。

### 聽rap記單字

一邊聽 rap，一邊注意字母 m [m] 的發音，就能很快把單字記住喔！

**1 ham 火腿**
字母 a，[æ æ]，字母 m，[mm]，
a.m a.m，[æm æm]，ham

**2 seldom 很少地**
字母 o，[ə ə]，字母 m，[mm]，
o.m o.m，[əm əm]，seldom

**3 steam 蒸煮**
e.a e.a，[i i]，字母 m，[mm]，
e.a.m e.a.m，[im im]，steam

**4 platform 月台**
o.r o.r，[ɔr ɔr]，字母 m，[mm]，
o.r.m o.r.m，[ɔrm ɔrm]，platform

142

## ham 火腿

| hamburger | [`hæmbɝgɚ] | 漢堡 |
| exam | [ɪgˋzæm] | 考試 |
| example | [ɪgˋzæmpl] | 例子 |

hamburger

## seldom 很少地

| freedom | [ˋfridəm] | 自由 |
| kingdom | [ˋkɪŋdəm] | 王國 |
| wisdom | [ˋwɪzdəm] | 智慧 |

freedom

# m [m]

## steam 蒸煮

| stream | [strim] | 溪流 |
| dream | [drim] | 夢想 |
| daydream | [ˋde͵drim] | 白日夢 |

stream

## platform 月台

| form | [fɔrm] | 表格 |
| inform | [ɪnˋfɔrm] | 告知 |
| uniform | [ˋjunə͵fɔrm] | 制服 |

form

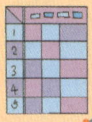

143

用聽的記單字，不用背就記的住！

ham + bur + ger = hamburger

漢堡

Sandra prefers **hamburgers** to sandwiches.
珊卓喜歡漢堡勝過三明治。

ex + am = exam

考試

I have to study for the **exam**. 我必須為了考試溫書。

ex + am + ple = example

例子

Here is another **example**. 這裡有另外一個例子。

free + dom = freedom

自由

They fight for **freedom**. 他們為自由而戰。

king + dom = kingdom

王國

Shrek and Fiona live in far far away **kingdom**.
史瑞克和費歐娜住在遠得要命王國。

wis + dom = wisdom

智慧

Owl is the symbol of **wisdom**. 貓頭鷹是智慧的象徵。

st + r + eam = stream

溪流　Do you see that frozen **stream**?
你看到那條結冰的小溪了嗎？

d + r + eam = dream

夢想　I have a **dream**. 我有一個夢想。

day + dream = daydream

白日夢　A **daydream** is a fantasy experienced while awake.
白日夢是在醒著的時候體驗到的幻想。

f + orm = form

表格　You have to fill out the **form**. 你必須填寫這張表格。

in + form = inform

告知　I **inform** his mother about his outstanding achievement.
我將他非凡的成就告訴他母親。

uni + form = uniform

制服　Jenny looks cute in **uniform**. 珍妮穿制服的樣子很可愛。

## 學會自然發音

**字母 n**
**發音符號 [n]**

### Rap記憶口訣

你的呢？
我的呢？ [ n n n ]

### 發音規則

字母 n 出現在母音前，唸成 [n]

### 用故事記發音規則

n 小弟走到媽媽面前，問：「爸爸怎麼還沒回家『呢』？」，所以子音 n 在母音前面都唸成 [ n ]。

### 聽rap記單字

一邊聽 rap，一邊注意字母 n [n] 的發音，就能很快把單字記住喔!

| | | |
|---|---|---|
| 1 | **n**otice 發覺 | 字母 n，[nnn]，字母 o，[ooo]，n.o n.o，[no no]，notice |
| 2 | **n**ational 國家的 | 字母 n，[nnn]，字母 a，[æææ]，n.a n.a，[næ næ]，national |
| 3 | **n**ine 九個 | 字母 n，[nnn]，字母 i，[aɪ aɪ aɪ]，n.i n.i，[naɪ naɪ]，nine |
| 4 | **n**est 鳥巢 | 字母 n，[nnn]，字母 e，[ɛɛɛ]，n.e n.e，[nɛ nɛ]，nest |

*因字母 a 在重音節尾,非夾在子音間,唸長音 [e]。

### notice 發覺

| note | [not] | 筆記 |
| nose | [noz] | 鼻子 |
| piano | [pɪˋæno] | 鋼琴 |

note

### national 國家的

| nation | [ˋneʃən] | 國家* |
| nature | [ˋnetʃɚ] | 自然* |
| natural | [ˋnætʃərəl] | 自然的 |

nation

# n [n]

### nine 九個

| nineteen | [ˋnaɪnˋtin] | 十九 |
| ninety | [ˋnaɪntɪ] | 九十 |
| ninth | [naɪnθ] | 第九 |

nineteen 19

### nest 鳥巢

| neck | [nɛk] | 脖子 |
| necklace | [ˋnɛklɪs] | 項鍊 |
| never | [ˋnɛvɚ] | 絕不 |

neck

147

用聽的記單字，不用背就記的住！

no + te = note

筆記　Don't you take **notes**? 妳不抄筆記嗎？

no + se = nose

鼻子　I have a runny **nose** because of cold.
我因為感冒而流鼻涕。

pi + a + no = piano

鋼琴　Grace plays the **piano** very well. 葛莉絲很會彈鋼琴。

na + tion = nation

國家　Can you tell me the definition of **nation**?
你能告訴我國家的定義嗎？

na + ture = nature

自然　May I visit the **nature** reserve?
我能參觀這個自然保護區嗎？

nat + ur + al = natural

自然的　We must cherish **natural** resources.
我們必須珍惜天然資源。

148

**19** nine + teen = nineteen

十九

**Nineteen** girls joined the cheer squad.
有十九個女孩參加了啦啦隊。

**90** nine + ty = ninety

九十

He composed **ninety** songs. 他寫了九十首歌。

nin + th = ninth

第九

Today is the **ninth** day I enter the school.
這是我來學校的第九天。

ne + ck = neck

脖子

Mom, my **neck** aches. 媽媽，我的脖子好痛。

ne + ck + lace = necklace

項鍊

She wears a beautiful diamond **necklace**.
她戴了一條漂亮的鑽石項鍊。

ne + ver = never

絕不

**Never** say goodbye. 別說再見。

149

# 學會自然發音

**字母** n
**發音符號** [n]

## Rap記憶口訣

好呀好呀
嗯嗯嗯 [ n n n ]

### 發音規則

字母 n 出現在母音後，唸成 [n]

### 用故事記發音規則

火車過山洞，黑漆漆的，媽媽問 n 小弟，你會怕嗎？n 小弟說：「嗯嗯嗯 [ nnn ]」。

n 你要吃雞肉嗎？

### 聽rap記單字

一邊聽 rap，一邊注意字母 n [n] 的發音，就能很快把單字記住喔！

| 1 | engineer 工程師 | 字母 e，[εεε]，字母 n，[nnn]，e.n e.n，[εn εn]，engineer |
| 2 | been be 動詞過去分詞 | e.e e.e，[iii]，字母 n，[nnn]，e.e.n，[in in]，been |
| 3 | candle 蠟燭 | 字母 a，[æææ]，字母 n，[nnn]，a.n a.n，[æn æn]，candle |
| 4 | jeans 牛仔褲 | e.a e.a，[iii]，字母 n，[nnn]，e.a.n，[in in]，jeans |

## engineer 工程師

| engine | [ˈɛndʒən] | 引擎 |
| energetic | [ˌɛnɚˈdʒɛtɪk] | 有活力的 |
| end | [ɛnd] | 結束 |

engine

## been be 動詞過去分詞

| sixteen | [ˈsɪksˈtin] | 十六 |
| seventeen | [ˌsɛvn̩ˈtin] | 十七 |
| eighteen | [ˈeˈtin] | 十八 |

sixteen 16

# n [n]

## candle 蠟燭

| candy | [ˈkændɪ] | 糖果 |
| cancel | [ˈkænsl̩] | 取消 |
| cancer | [ˈkænsɚ] | 癌症 |

candy

## jeans 牛仔褲

| clean | [klin] | 清潔 |
| lean | [lin] | 倚靠 |
| soybean | [ˈsɔɪbin] | 黃豆 |

clean

151

**用聽的記單字，不用背就記的住！**

**en + gin**e **= engine**

引擎

A machine doesn't work without an **engine**.
機器沒有引擎就無法發動。

**en + er + ge + tic = energetic**

有活力的

Martina is an **energetic** tennis player.
瑪汀娜是一位活躍的網球選手。

**en + d = end**

結束

The movie **ends** in tragedy. 這部片以悲劇收場。

**six + teen = sixteen**

十六

Audrey's younger sister is **sixteen** years old.
奧黛莉的妹妹十六歲。

**se + ven + teen = seventeen**

十七

Audrey is **seventeen** years old. 奧黛莉十七歲。

**ei**gh **+ teen = eighteen**

十八

Audrey's elder sister is **eighteen** years old.
奧黛莉的姊姊十八歲。

**can + dy = candy**

糖果 — Eating too much **candy** is bad for teeth.
吃太多糖果對牙齒不好。

**can + cel = cancel**

取消 — The plan is **cancelled**. 計畫取消了。

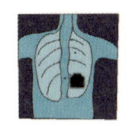

**can + cer = cancer**

癌症 — I would like to receive more information about **cancer**.
我想知道更多跟癌症有關的資訊。

**c + lean = clean**

清潔 — Her kitchen is **clean**. 她的廚房很乾淨。

**l + ean = lean**

倚靠 — Don't **lean** against the wall. 別靠在牆上。

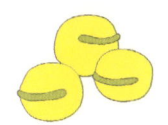

**soy + bean = soybean**

黃豆 — Ellen bought some **soybean** sauce. 艾倫買了一些醬油。

# 學會自然發音

**字母 ng**
**發音符號 [ŋ]**

**Rap記憶口訣**

好臭啊！好臭啊！
是誰在 [ ŋŋ ]

### 發音規則

ng 在一起時，唸成 [ŋ]

### 用故事記發音規則

n 小弟和 g 小弟一起去東『京』（ㄥ），所以字母 n 和字母 g 在一起都唸 [ŋ]。

### 聽rap記單字

一邊聽 rap，一邊注意字母 ng [ŋ] 的發音，就能很快把單字記住喔！

| 1  | ring 戒指 | 字母 i，[ɪɪɪ]，n.g n.g，[ŋŋŋ]，i.n.g i.n.g，[ɪŋ ɪŋ]，ring |
| 2 | hang 掛 | 字母 a，[æææ]，n.g n.g，[ŋŋŋ]，a.n.g a.n.g，[æŋ æŋ]，hang |
| 3  | ceiling 天花板 | 字母 i，[ɪɪɪ]，n.g n.g，[ŋŋŋ]，i.n.g i.n.g，[ɪŋ ɪŋ]，ceiling |
| 4 | long 長 | 字母 o，[ɔɔɔ]，n.g n.g，[ŋŋŋ]，o.n.g o.n.g，[ɔŋ ɔŋ]，long |

## ring 戒指

| bor**ing** | [ˋborɪŋ] | 令人無聊的 |
| br**ing** | [brɪŋ] | 帶來 |
| ear**ring** | [ˋɪr͵rɪŋ] | 耳環 |

bor**ing**

## hang 掛

| tri**angle** | [ˋtraɪ͵æŋgl̩] | 三角形 |
| rect**angle** | [rɛkˋtæŋgl̩] | 長方形 |
| lan**guage** | [ˋlæŋgwɪdʒ] | 語言 |

tri**angle**

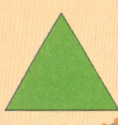

## ng [ŋ]

## ceil**ing** 天花板

| feel**ing** | [ˋfilɪŋ] | 感覺 |
| bowl**ing** | [ˋbolɪŋ] | 保齡球 |
| dumpl**ing** | [ˋdʌmplɪŋ] | 餃子 |

feel**ing**

## l**ong** 長

| bel**ong** | [bəˋlɔŋ] | 屬於 |
| al**ong** | [əˋlɔŋ] | 沿著 |
| s**ong** | [sɔŋ] | 歌曲 |

bel**ong**

**用聽的記單字，不用背就記的住！**

bo + ring = boring

令人無聊的　The lecture is so **boring**. 這場演講真是無聊。

b + ring = bring

帶來　April showers **bring** May flowers.
四月雨帶來五月花。

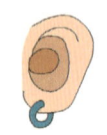

ear + ring = earring

耳環　The girl with a pearl **earring** is very pretty.
那戴著珍珠耳環的少女非常美麗。

tri + an + gle = triangle

三角形　The angles of a **triangle** always add up to 180 degrees. 三角形的角度總合永遠是180度。

rec + tan + gle = rectangle

長方形　Every angle of a **rectangle** is 90 degrees.
長方形的每一個角都是90度。

lan + guage = language

語言　**Language** learning should be fun.
語言的學習應該是有趣的。

156

fee + ling = feeling

感覺

I had a strange **feeling** the first time I met her.
當我第一次遇到她時，我有很奇怪的感覺。

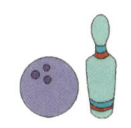

bow + ling = bowling

保齡球

Playing **bowling** is very interesting.
打保齡球很好玩。

dump + ling = dumpling

餃子

Jerry prefers boiled **dumpling** to steamed **dumpling**.
比起蒸餃，傑瑞更愛水餃。

be + long = belong

屬於

The ring **belongs** to me. 這個戒指屬於我。

a + long = along

沿著

I walk **along** the street. 我沿著那條街走。

s + ong = song

歌曲

Sing a love **song** for me. 為我唱首情歌。

157

## 學會自然發音

**字母 O**
**發音符號 [a]**

**Rap記憶口訣**

# 阿婆的ㄚ [ aaa ]

### 發音規則

子音 + o + 子音，o 唸 [a]

### 用故事記發音規則

公車好擠『啊』！o 媽媽站在前面，被夾在兩個小孩中間，所以字母 o 在兩個子音中間，唸 [ a ]。

### 聽rap記單字

一邊聽 rap，一邊注意字母 o [a] 的發音，就能很快把單字記住喔！

**1 somebody 某人**
字母 b，[bbb]，字母 o，[aaa]，
b.o b.o，[ba ba]，somebody

**2 lock 鎖住**
字母 l，[lll]，字母 o，[aaa]，
l.o l.o，[la la]，lock

**3 monster 妖怪**
字母 m，[mmm]，字母 o，[aaa]，
m.o m.o，[ma ma]，monster

**4 helicopter 直升機**
字母 c，[kkk]，字母 o，[aaa]，
c.o c.o，[ka ka]，helicopter

158

## some**bo**dy 某人

- **bo**mb [bɑm] 炸彈
- **bo**ttle [ˋbɑtḷ] 瓶子
- **bo**ttom [ˋbɑtəm] 底部

**bo**mb

## **lo**ck 鎖住

- b**lo**ck [blɑk] 封鎖
- c**lo**ck [klɑk] 時鐘
- o'c**lo**ck [əˋklɑk] 點鐘

b**lo**ck

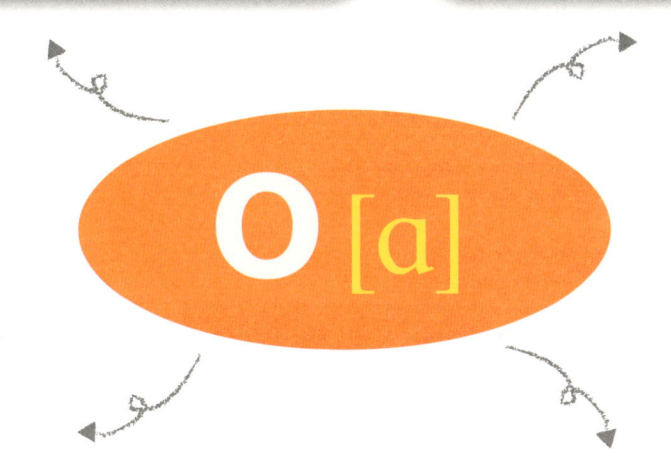

# O [ɑ]

## **mo**nster 妖怪

- **mo**del [ˋmɑdḷ] 模特兒
- **mo**dern [ˋmɑdɚn] 現代的
- **mo**p [mɑp] 拖把

**mo**del

## heli**co**pter 直升機

- **co**ntact [ˋkɑntækt] 聯絡
- **co**ntract [ˋkɑntrækt] 契約
- **co**tton [ˋkɑtn̩] 棉花

**co**ntact

| 用聽的記單字，不用背就記的住！

| bom | + | b | = | bomb |

炸彈　The police found a time **bomb**. 警方找到一枚定時炸彈。

| bot | + | tle | = | bottle |

瓶子　Claire drank five **bottles** of milk. 克萊兒喝了五瓶牛奶。

| bot | + | tom | = | bottom |

底部　The **bottom** of the bottle is broken. 瓶子的底部破了。

| b | + | lock | = | block |

封鎖　Laura **blocked** him from entering the room.
蘿拉阻止他進入房間。

| c | + | lock | = | clock |

時鐘　Lady Chatterley has a delicate Swiss **clock**.
查泰萊夫人有一座精緻的瑞士鐘。

| o' | + | clock | = | o'clock |

點鐘　It's ten **o'clock**. 現在十點鐘。

mod + el = model

模特兒　Giselle is a famous top **model**. 姬賽兒是頂尖名模。

mod + ern = modern

現代的　Maggie wrote a thesis on **modern** art.
瑪姬寫了一本關於現代藝術的論文。

mo + p = mop

拖把　**Mops** are for cleaning the floor.
拖把是用來清理地板的。

con + tact = contact

聯絡　Please **contact** the head office. 請與總公司聯繫。

con + tract = contract

契約　Do you need sample **contracts**? 你需要合約範本嗎？

cot + ton = cotton

棉花　Kids love **cotton** candy. 小孩子都愛棉花糖。

## 學會自然發音

**字母 O**
**發音符號 [o]**

Rap記憶口訣

# 海鷗的ㄡ [o o o]

### 發音規則

oa、oe、ow、oor，o＋子音＋e，或以 o 開頭、結尾，o 可能唸成長音的 [o]

### 用故事記發音規則

o 媽媽很長舌，『偶』爾和抱著小孩的 e 媽媽話家常，『偶』爾找其他媽媽串門子，『偶』爾聊八卦還能自己開頭跟結尾。

### 聽rap記單字

一邊聽 rap，一邊注意字母 o [o] 的發音，就能很快把單字記住喔！

**1 poor 貧窮\***
字母 p，[ppp]，o.o.r，[ʊr ʊr ʊr]，p.o.o.r，[pʊr pʊr]，poor

**2 go 去**
字母 g，[ggg]，字母 o，[o o o]，g.o g.o，[go go]，go

**3 home 家**
字母 h，[hhh]，字母 o，[o o o]，h.o h.o，[ho ho]，home

**4 boat 小船**
字母 b，[bbb]，o.a o.a，[o o o]，b.o.a，[bo bo]，boat

\*在美式發音 oor 唸[or]只有 door 跟 floor 兩字，其他皆唸[ʊr]，但英式發音則都唸為略帶[o]的音，可視為通則。

## poor 貧窮

| door | [dor] | 門 |
| indoor | [ˋɪn͵dor] | 室內 |
| floor | [flor] | 地板 |

door

## go 去

| ago | [əˋgo] | 以前 |
| bingo | [ˋbɪŋgo] | 賓果遊戲 |
| cargo | [ˋkɑrgo] | 貨物 |

ago

# O o [o]

## home 家

| homesick | [ˋhom͵sɪk] | 思鄉病 |
| homework | [ˋhom͵wɝk] | 回家作業 |
| hope | [hop] | 希望 |

homesick

## boat 小船

| coast | [kost] | 海岸 |
| goal | [gol] | 終點 |
| goat | [got] | 山羊 |

coast

163

**用聽的記單字，不用背就記的住！**

d + oor = door

門
Open the **door**, please. 請開門。

in + door = indoor

室內
Mom prefers **indoor** swimming pool.
媽媽比較喜歡室內游泳池。

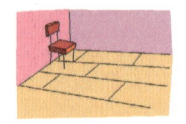

f + loor = floor

地板
The **floor** is made of wood. 地板是木製的。

a + go = ago

以前
Auntie Liz was a singer many years **ago**.
莉茲阿姨多年前曾是位歌手。

bin + go = bingo

賓果遊戲
Don't tell me that you don't know **bingo** rules!
別跟我說你不知道賓果的遊戲規則！

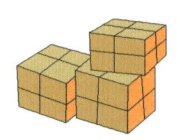

car + go = cargo

貨物
Those are **cargo** planes. 那些都是貨物運輸機。

hom**e** + sick = homesick

思鄉病　Cindy becomes **homesick**. 辛蒂很想家。

hom**e** + work = homework

回家作業　Finish your **homework**, and you can play computer games. 寫完功課才能玩電腦遊戲。

ho + p**e** = hope

希望　Don't give up your **hope**. 不要放棄你的希望。

coa + st = coast

海岸　They will travel along the **coast**. 他們將沿著海岸旅行。

goa + l = goal

終點　We are reaching the **goal**. 我們就快抵達終點了。

goa + t = goat

山羊　Do you want to try some **goat** cheese?
你想嚐嚐羊奶起司嗎？

165

## 學會自然發音

**字母 o**
**發音符號 [ɔ]**

### Rap記憶口訣

# 好香ㄛ [ɔ ɔ ɔ]

### 發音規則

當字母 o 遇到 r 時，o 唸成短音的 [ɔ]

### 用故事記發音規則

o 媽媽背著 r 小妹，好重『ㄛ』，所以 o 後面有 r 的時候，o 要唸成 [ɔ]

### 聽rap記單字

一邊聽 rap，一邊注意字母 o [ɔ] 的發音，就能很快把單字記住喔!

| 1 foreigner 外國人 | 字母 f，[fff]，o.r o.r，[ɔr ɔr]，f.o.r，[fɔr fɔr]，foreigner |
|---|---|
| 2 torch 火把 | 字母 t，[ttt]，o.r o.r，[ɔr ɔr]，t.o.r，[tɔr tɔr]，torch |
| 3 popcorn 爆米花 | 字母 c，[kkk]，o.r o.r，[ɔr ɔr]，c.o.r，[kɔr kɔr]，popcorn |
| 4 forest 森林 | 字母 f，[fff]，o.r o.r，[ɔr ɔr]，f.o.r，[fɔr fɔr]，forest |

## foreigner 外國人

| foreign | [ˋfɔrɪn] | 國外的 |
| formal | [ˋfɔrml̩] | 正式的 |
| forward | [ˋfɔrwɚd] | 向前 |

foreign

## torch 火把

| stork | [stɔrk] | 鸛 |
| storm | [stɔrm] | 暴風雨 |
| stormy | [ˋstɔrmɪ] | 暴風雨的 |

stork

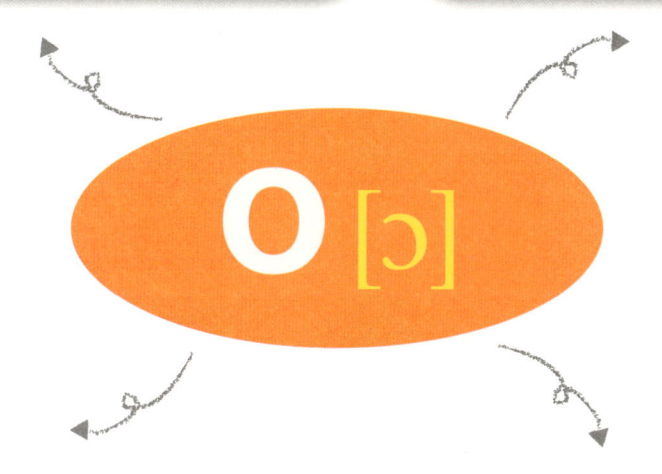

# o [ɔ]

## popcorn 爆米花

| corn | [kɔrn] | 玉米 |
| corner | [ˋkɔrnɚ] | 角落 |
| recorder | [rɪˋkɔrdɚ] | 錄音機 |

corn

## forest 森林

| for | [fɔr] | 為了 |
| forty | [ˋfɔrtɪ] | 四十 |
| fork | [fɔrk] | 叉子 |

for

167

### 用聽的記單字，不用背就記的住！

for + eign = foreign

**國外的** Karen studies **foreign** languages. 凱倫研讀外文。

for + mal = formal

**正式的** Please come in **formal** dress. 請穿著正式禮服前來。

for + ward = forward

**向前** David looks **forward**. 大衛向前看了看。

s + tor + k = stork

**鸛** **Storks** are long-legged birds. 鸛是腿很長的鳥類。

s + tor + m = storm

**暴風雨** The **storm** is coming! 暴風雨快來了！

s + tor + my = stormy

**暴風雨的** It was **stormy** yesterday. 昨天狂風暴雨。

168

cor + n = corn

玉米　Mom baked **corn** bread. 媽媽烤了玉米麵包。

cor + ner = corner

角落　He stands on the **corner** of the street. 他站在街角。

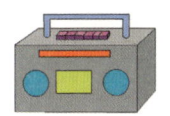

re + cor + der = recorder

錄音機　Please use the **recorder**. 請使用這台錄音機。

f + or = for

為了　I prepared a gift **for** you. 我為你準備了禮物。

for + ty = forty

四十　Mom is **forty** years old. 媽媽今年四十歲。

for + k = fork

叉子　You can eat steak with a knife and a **fork**.
你可以用刀叉吃牛排。

169

## 學會自然發音

**字母 o**
**發音符號 [ə]**

### Rap記憶口訣

# 7點了 肚子好餓
# [əəə]

### 發音規則

字母 o 在弱音節，唸 [ə]

### 用故事記發音規則

o 媽媽一虛弱，肚子就會『餓』，所以唸成弱音的 [ə]。

好餓哦！
快餓昏頭了！

### 聽rap記單字

一邊聽 rap，一邊注意字母 o [ə] 的發音，就能很快把單字記住喔！

**1 computer 電腦**
字母 c，[kkk]，字母 o，[əəə]，
c.o.m，[kəm kəm kəm]，computer

**2 develop 開發**
字母 l，[lll]，字母 o，[əəə]，
l.o l.o，[lə lə lə]，develop

**3 chocolate 巧克力**
字母 c，[kkk]，字母 o，[əəə]，
c.o c.o，[kə kə kə]，chocolate

**4 production 產品**
t.i t.i，[ʃʃʃ]，字母 o，[əəə]，
t.i.o.n，[ʃən ʃən]，production

170

*因字母重複，前面的 m 不發音

### computer 電腦
| complain | [kəm`plen] | 抱怨 |
| complete | [kəm`plit] | 完成 |
| command | [kə`mænd] | 命令* |

complain

### develop 開發
| diplomat | [`dɪpləmæt] | 外交官 |
| kilogram | [`kɪlə͵græm] | 公斤 |
| kilometer | [`kɪlə͵mitɚ] | 公里 |

diplomat

## o [ə]

### chocolate 巧克力
| collect | [kə`lɛkt] | 收集 |
| concern | [kən`sɝn] | （使）擔心 |
| conditioner | [kən`dɪʃənɚ] | 潤髮乳 |

collect

### production 產品
| action | [`ækʃən] | 動作 |
| attention | [ə`tɛnʃən] | 注意力 |
| direction | [də`rɛkʃən] | 方向 |

action

171

## 用聽的記單字，不用背就記的住！

**com + plain = complain**

抱怨

Sarah always **complains** to me about school.
莎拉總是向我抱怨學校的事。

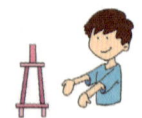

**com + plete = complete**

完成

Neo **completed** the mission. 尼歐完成了任務。

**com + mand = command**

命令

Mom **commanded** me to do my homework.
媽媽命令我去寫功課。

**dip + lo + mat = diplomat**

外交官

The **diplomat** is flying to Paris.
外交官正搭機飛往巴黎。

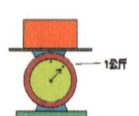

**ki + lo + gram = kilogram**

公斤

We use the **kilogram** as a unit of weight.
我們用公斤當重量單位。

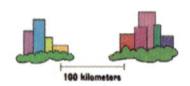

**ki + lo + me + ter = kilometer**

公里

It's about 100 **kilometers**. 大約100公里。

172

col + lect = collect

收集　We all love to **collect** stamps. 我們都愛集郵。

con + cern = concern

(使)擔心　What **concerns** me most is the weather.
最令我擔心的就是天氣。

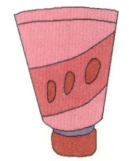

con + di + tion + er = conditioner

潤髮乳　Use the **conditioner** after rinsing your hair.
洗完頭髮後用潤髮乳。

ac + tion = action

動作　**Actions** speak louder than words. 坐而言不如起而行。

at + ten + tion = attention

注意力　Pay **attention** to your book. 專心看書。

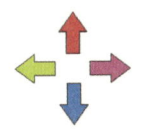

di + rec + tion = direction

方向　He went in the wrong **direction**. 他走錯方向了。

173

## 學會自然發音

字母 **O**

發音符號 [ʌ]

### Rap記憶口訣
# 老太婆教英文 [ʌ] ㄛ

### 發音規則
字母 o 在重音節，唸 [ʌ]

### 用故事記發音規則
o 媽媽重重地跌了一跤，『ㄚ丶』，疼死人了！所以唸重音的 [ʌ]。

### 聽rap記單字
一邊聽 rap，一邊注意字母 o [ʌ] 的發音，就能很快把單字記住喔！

| | | |
|---|---|---|
| 1 | money 錢 | 字母 m，[mmm]，字母 o，[ʌʌʌ]，m.o m.o，[mʌ mʌ]，money |
| 2 | become 變成 | 字母 c，[kkk]，字母 o，[ʌʌʌ]，c.o c.o，[kʌ kʌ]，become |
| 3 | other 其他 | 字母 o，[ʌʌʌ]，t.h t.h，[ððð]，o.t.h，[ʌð ʌð]，other |
| 4 | color 顏色 | 字母 c，[kkk]，字母 o，[ʌʌʌ]，c.o c.o，[kʌ kʌ]，color |

174

## money 錢

| Monday | [ˋmʌnde] | 星期一 |
| month | [mʌnθ] | 月 |
| mother | [ˋmʌðɚ] | 母親 |

Monday

## become 變成

| come | [kʌm] | 來 |
| income | [ˋɪnˌkʌm] | 收入 |
| outcome | [ˋaʊtˌkʌm] | 結果 |

come

# O [ʌ]

## other 其他

| otherwise | [ˋʌðɚˌwaɪz] | 否則 |
| onion | [ˋʌnjən] | 洋蔥 |
| oven | [ˋʌvən] | 烤箱 |

otherwise

## color 顏色

| cover | [ˋkʌvɚ] | 覆蓋 |
| discover | [dɪsˋkʌvɚ] | 發現 |
| recover | [rɪˋkʌvɚ] | 恢復 |

cover

**用聽的記單字，不用背就記的住！**

Mon + day = Monday

星期一　I have the **Monday** blues. 我有星期一低潮症候群。

mon + th = month

月　Workers do the same things **month** after **month**.
工人們月復一月地做一樣的事。

moth + er = mother

母親　Mathematics is the **mother** of Science.
數學是科學之母。

co + me = come

來　**Come** here and get your present. 來這裡拿你的禮物吧。

in + come = income

收入　I live within my **income**. 我平日量入為出。

out + come = outcome

結果　Amy is not satisfied with the **outcome**.
艾咪對結果不太滿意。

176

oth + er + wis(e) = otherwise

**否則**　Seize the chance, **otherwise** you will regret it.
抓住機會，否則你會後悔。

on + ion = onion

**洋蔥**　Don't put **onion** in my sandwich.
我的三明治不要放洋蔥。

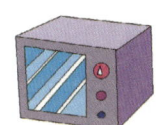

ov + en = oven

**烤箱**　Julie took the pizza out of the **oven**.
茱莉把披薩從烤箱裡拿出來。

cov + er = cover

**覆蓋**　The house is **covered** with snow. 那幢房子被雪覆蓋了。

dis + cov + er = discover

**發現**　Columbus **discovered** America. 哥倫布發現了美洲。

re + cov + er = recover

**恢復**　Grandfather has **recovered** his health. 爺爺恢復了健康。

177

## 學會自然發音

**字母 oo**
**發音符號 [u]**

### Rap記憶口訣
# 兩個O媽媽，互相摀嘴巴 [uuu]

### 發音規則
兩個 o 一起出現時，oo 有時唸成 [u]

### 用故事記發音規則
兩個 o 媽媽實在太愛閒聊了，為了改正自己愛說話的毛病，兩個 o 媽媽就約定見面的時候要互相幫對方摀嘴巴，但還是很想講話，只好發出 [u] [u] 的長音

### 聽rap記單字
一邊聽 rap，一邊注意字母 oo [u] 的發音，就能很快把單字記住喔!

1. **room** 房間
   字母 r，[rrr]，o.o，[uuu]，
   r.o.o r.o.o，[ru ru]，room

2. **too** 太
   字母 t，[ttt]，o.o，[uuu]，
   t.o.o t.o.o，[tu tu]，too

3. **rooster** 公雞
   字母 r，[rrr]，o.o，[uuu]，
   r.o.o r.o.o，[ru ru]，rooster

4. **goose** 鵝
   字母 g，[ggg]，o.o，[uuu]，
   g.o.o g.o.o，[gu gu]，goose

## room 房間

| bathroom | [ˋbæθˌrum] | 浴室 |
| bedroom | [ˋbɛdˌrum] | 臥房 |
| classroom | [ˋklæsˌrum] | 教室 |

bathroom

## too 太

| tooth | [tuθ] | 牙齒 |
| toothache | [ˋtuθˌek] | 牙痛 |
| toothbrush | [ˋtuθˌbrʌʃ] | 牙刷 |

tooth

## oo [u]

## rooster 公雞

| roof | [ruf] | 屋頂 |
| root | [rut] | 根部 |
| kangaroo | [ˌkæŋgəˋru] | 袋鼠 |

roof

## goose 鵝

| choose | [tʃuz] | 選擇 |
| loose | [lus] | 鬆開的 |
| noose | [nus] | 繩套 |

choose

用聽的記單字，不用背就記的住！

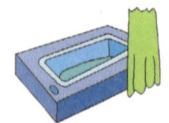

bath + room = bathroom

浴室
Lena, go to the **bathroom** and take a shower.
莉娜，去浴室沖個澡。

bed + room = bedroom

臥房
Fanny is in the **bedroom**. 菲妮在臥室裡。

class + room = classroom

教室
There are twenty students in the **classroom**.
教室裡有二十個學生。

too + th = tooth

牙齒
I had my wisdom **tooth** removed yesterday.
我昨天去拔了智齒。

tooth + ache = toothache

牙痛
I'm suffering from a **toothache**. 我牙齒好痛。

tooth + brush = toothbrush

牙刷
May I buy a new **toothbrush**? 我可以買把新的牙刷嗎？

180

roo + f = roof

屋頂

Joanna has a beautiful **roof** garden.
喬安娜有個漂亮的屋頂花園。

roo + t = root

根部

Mom is making lotus **root** soup. 媽媽在煮蓮藕湯。

kan + ga + roo = kangaroo

袋鼠

You can see **kangaroos** in Australia.
在澳洲可以看到袋鼠。

choo + se = choose

選擇

What should I **choose** as a present for her?
我該替她挑什麼禮物呢？

loo + se = loose

鬆開的

These pants are too **loose**, so I need a belt.
這條褲子太鬆了，所以我需要一條皮帶。

noo + se = noose

繩套

The farmer put a **noose** around the wood stick.
農夫把繩套套在木棍上。

181

## 學會自然發音

**字母 oo**
**發音符號 [ʊ]**

### Rap記憶口訣

## 兩個o媽媽流眼淚，嗚嗚嗚 [ʊʊʊ]

### 發音規則

兩個 o 一起出現時，oo 有時會唸成 [ʊ]

### 用故事記發音規則

兩個頭大大的 o 媽媽，不小心撞在一起了，撞到連眼淚都流出來了，所以就「嗚嗚嗚」[ʊ ʊ ʊ] 的哭了出來。

### 聽rap記單字

一邊聽 rap，一邊注意字母 oo [ʊ] 的發音，就能很快把單字記住喔!

| | | |
|---|---|---|
| 1 |  **good** 好的 | 字母 g，[ggg]，o.o，[ʊʊʊ]，g.o.o g.o.o，[gʊ gʊ]，good |
| 2 |  **cook** 廚師 | 字母 c，[kkk]，o.o，[ʊʊʊ]，c.o.o c.o.o，[kʊ kʊ]，cook |
| 3 | **foot** 腳 | 字母 f，[fff]，o.o，[ʊʊʊ]，f.o.o f.o.o，[fʊ fʊ]，foot |
| 4 | **book** 書 | 字母 b，[bbb]，o.o，[ʊʊʊ]，b.o.o b.o.o，[bʊ bʊ]，book |

## good 好的

| goods | [gʊdz] | 貨物 |
| goodbye | [ˌgʊd`baɪ] | 再見 |
| goodness | [`gʊdnɪs] | 美德 |

goods

## cook 廚師

| cooker | [`kʊkɚ] | 廚具 |
| cookie | [`kʊkɪ] | 餅乾 |
| cooking | [`kʊkɪŋ] | 烹飪 |

cooker

# oo [ʊ]

## foot 腳

| football | [`fʊtˌbɔl] | 足球 |
| footpath | [`fʊtˌpæθ] | 鄉間小徑 |
| footprint | [`fʊtˌprɪnt] | 足跡 |

football

## book 書

| bookcase | [`bʊkˌkes] | 書架 |
| bookstore | [`bʊkˌstor] | 書店 |
| notebook | [`notˌbʊk] | 筆記本 |

bookcase

183

用聽的記單字，不用背就記的住！

good + s = goods

貨物　Those **goods** are on sale. 那些商品正在特價。

good + bye = goodbye

再見　Say **goodbye** to your auntie. 跟阿姨說再見。

good + ness = goodness

美德　Do you believe in the **goodness** of human nature?
妳相信人性本善嗎？

cook + er = cooker

廚具　Using a rice **cooker** is a simple way to cook rice.
用電鍋煮飯是很方便的。

cook + ie = cookie

餅乾　I want more chocolate **cookies**.
我還要再來一點巧克力餅乾。

cook + ing = cooking

烹飪　I attend the popular **cooking** class with Elsa.
我和艾爾莎一起參加熱門的烹飪課程。

184

foot + ball = football

足球　He is on our **football** team. 他在我們的足球隊。

foot + path = footpath

鄉間小徑　May I ride a bicycle on the **footpath**?
我可以在小徑上騎腳踏車嗎？

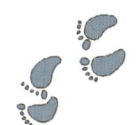

foot + print = footprint

足跡　A baby's **footprint** is a precious thing to cherish.
寶寶的腳印是值得珍藏的重要事物。

book + case = bookcase

書架　Do you know how to clean the **bookcase**?
你知道該怎麼清理這書架嗎？

book + store = bookstore

書店　Thank you for visiting our online **bookstore**!
感謝您瀏覽我們的網路書店！

note + book = notebook

筆記本　Don't forget your **notebook**. 別忘了你的筆記本。

185

## 學會自然發音 字母 OW 發音符號 [aʊ]

**Rap記憶口訣**

# OWOW [ aʊ aʊ aʊ ]
## 狼叫聲ㄚㄨ～

### 發音規則

ou 跟 ow 會合唸成 [aʊ]

### 用故事記發音規則

有兩隻狼一隻叫做 w，一隻叫做 u，他們一看到圓圓的月亮 (o)，就會『ㄚㄨㄚㄨ』地叫，所以 ow 和 ou 唸成 [aʊ]。

### 聽rap記單字

一邊聽 rap，一邊注意字母 ow 和 ou [aʊ] 的發音，就能很快把單字記住喔！

**1 how 如何**
字母 h，[hhh]，o.w，[aʊ aʊ]，
h.o.w，[haʊ haʊ]，how

**2 loud 響亮**
字母 l，[lll]，o.u，[aʊ aʊ]，
l.o.u，[laʊ laʊ]，loud

**3 cow 乳牛**
字母 c，[kkk]，o.w，[aʊ aʊ]，
c.o.w，[kaʊ kaʊ]，cow

**4 sound 發出聲音**
字母 s，[sss]，o.u，[aʊ aʊ]，
s.o.u，[saʊ saʊ]，sound

## how 如何

| however | [haʊˋɛvɚ] | 然而 |
| bow | [baʊ] | 鞠躬 |
| now | [naʊ] | 現在 |

however

## loud 響亮

| cloud | [klaʊd] | 雲 |
| blouse | [blaʊz] | 女性襯衫 |
| flour | [flaʊr] | 麵粉 |

cloud

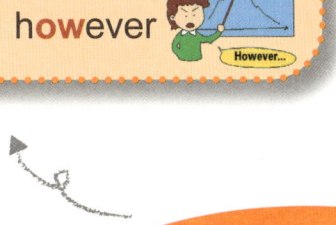

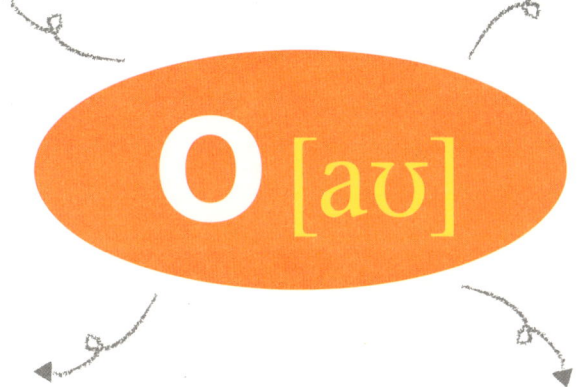

## O [aʊ]

043-3

## cow 乳牛

| flower | [ˋflaʊɚ] | 花 |
| shower | [ʃaʊɚ] | 陣雨 |
| tower | [ˋtaʊɚ] | 塔 |

flower

## sound 發出聲音

| sour | [ˋsaʊr] | 酸的 |
| south | [saʊθ] | 南方 |
| mouth | [maʊθ] | 嘴巴 |

sour

187

**用聽的記單字，不用背就記的住！**

how + ever = however

然而　He failed. **However**, he didn't give up.
他失敗了，然而並沒有放棄。

b + ow = bow

鞠躬　Take a **bow**. 鞠個躬。

n + ow = now

現在　Can you give it to me **now**? 可以現在給我嗎？

c + loud = cloud

雲　She is observing the **clouds**. 她在觀察雲。

b + lou + se = blouse

女性襯衫　She is wearing a lace **blouse**. 她穿著一件蕾絲襯衫。

f + lou + r = flour

麵粉　The price of **flour** is increasing. 麵粉的價格正在上漲。

188

fl + ow + er = flower

花

Fiona is interested in **flower** arranging.
費歐娜對插花很有興趣。

sh + ow + er = shower

陣雨

There was a **shower** yesterday. 昨天下了一場陣雨。

t + ow + er = tower

塔

I want to visit the Eiffel **Tower**!
我想去看艾菲爾鐵塔！

s + ou + r = sour

酸的

Auntie Vicky's **sour** cream spaghetti is delicious.
薇琪阿姨做的酸奶油義大利麵美味極了。

s + ou + th = south

南方

France is to the **south** of the United Kingdom.
法國在英國的南方。

m + ou + th = mouth

嘴巴

"Open your **mouth**," said the dentist.
牙醫說：「嘴巴張開。」

189

# 學會自然發音

**字母 oy**
**發音符號 [ɔɪ]**

**Rap記憶口訣**

## 救護車來了 [ ɔɪ ɔɪ ɔɪ ]

### 發音規則

oi 跟 oy 會合唸成 [ɔɪ]

### 用故事記發音規則

y 媽媽和 i 媽媽被石頭 (o) 打到了，救護車馬上『ㄛㄧㄛㄧ』地趕來了，所以 oy 和 oi 唸成 [ɔɪ]。

### 聽rap記單字

一邊聽 rap，一邊注意字母 oy 和 oi [ɔɪ] 的發音，就能很快把單字記住喔!

| | | |
|---|---|---|
| 1 | **cowboy** 牛仔 | 字母 b，[bbb]，o.y，[ɔɪ ɔɪ]，b.o.y，[bɔɪ bɔɪ]，cowboy |
| 2 | **point** 指 | 字母 p，[ppp]，o.i，[ɔɪ ɔɪ]，p.o.i，[pɔɪ pɔɪ]，point |
| 3 | **coin** 硬幣 | 字母 c，[kkk]，o.i，[ɔɪ ɔɪ]，c.o.i，[kɔɪ kɔɪ]，coin |
| 4 | **toy** 玩具 | 字母 t，[ttt]，o.y，[ɔɪ ɔɪ]，t.o.y，[tɔɪ tɔɪ]，toy |

## cowboy 牛仔

| bellboy | [ˈbɛl͵bɔɪ] | 旅館服務生 |
| annoy | [əˈnɔɪ] | 打擾 |
| employ | [ɪmˈplɔɪ] | 雇用 |

bellboy

## point 指

| poison | [ˈpɔɪzn̩] | 毒藥 |
| oil | [ɔɪl] | 油 |
| toilet | [ˈtɔɪlɪt] | 馬桶 |

poison

# o [ɔ]

## coin 硬幣

| join | [dʒɔɪn] | 參加 |
| choice | [tʃɔɪs] | 選擇 |
| voice | [vɔɪs] | 聲音 |

join

## toy 玩具

| soy | [sɔɪ] | 大豆 |
| joy | [dʒɔɪ] | 高興 |
| enjoy | [ɪnˈdʒɔɪ] | 享受 |

soy

191

**用聽的記單字，不用背就記的住！**

bell + boy = bellboy

旅館服務生

A **bellboy** opened the door for the guests.
一位旅館服務生幫客人開了門。

an + noy = annoy

打擾

You **annoyed** me. 你打擾到我了。

em + ploy = employ

雇用

The company **employs** hundreds of workers.
這家公司雇用了上百名員工。

poi + son = poison

毒藥

One person's meat is another person's **poison**.
某人的佳餚是別人的毒藥（各有所愛）。

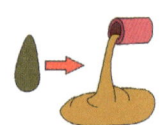

oi + l = oil

油

Sunflower **oil** is good for health. 葵花油有益健康。

toi + let = toilet

馬桶

We have to buy a new **toilet**. 我們得買個新馬桶。

**joi + n = join**

參加　Why don't you **join** us? 妳怎麼不加入我們呢？

**choi + ce = choice**

選擇　You have a better **choice**. 你有更好的選擇。

**voi + ce = voice**

聲音　Annie talked about her boyfriend in a cheerful **voice**.
安妮很開心地談論了她的男友。

**s + oy = soy**

大豆　I'd like a glass of **soy** milk, please.
我要一杯豆漿，謝謝。

**j + oy = joy**

高興　Chocolate brings Paula **joy**. 巧克力為寶拉帶來歡樂。

**en + joy = enjoy**

享受　I **enjoy** reading novels very much.
我非常享受閱讀小說的樂趣。

# m [m]

| -ment [mənt]，字尾，表示「動作的執行、狀態及結果」之意 | marry [`mærɪ] 結婚 |
|---|---|
| advertisement 廣告<br>environment 環境<br>government 政府<br>moment 片刻<br>movement 動作 | married 已婚的<br>marriage 婚姻<br>remarry 再婚<br>unmarried 未婚的 |

# n [n]

| -ness [nɪs]，名詞字尾，表示「性質、狀態」之意 | new [nju] 新的 |
|---|---|
| business 商業<br>goodness 優點<br>badness 缺點<br>bitterness 痛苦<br>carefulness 關心<br>clearness 明亮<br>coldness 寒冷<br>darkness 黑暗<br>emptiness 空虛<br>fairness 公平<br>fineness 精緻<br>kindness 仁慈<br>richness 財富<br>sadness 悲傷<br>thickness 厚度<br>tiredness 疲勞 | newborn 新生的<br>newcomer 新來的人<br>newly 最近<br>news 新聞<br>newsbreak 有新聞價值的事件<br>newscast 新聞播報<br>newscaster 新聞播報員<br>newsletter 社團通訊<br>newspaper 報紙<br>newsworthy 有新聞價值的<br>renewable 可再生的<br>renewed 更新的<br>renew 更新 |

# ng [ŋ]

| -ing [ɪŋ]，名詞字尾，表示「動作的結果、產物」 | -ing [ɪŋ]，形容詞字尾，表示「活動、使人…的」 |
|---|---|
| bowl 滾球 → bowl**ing** 保齡球<br>build 建造 → build**ing** 建築物<br>ceil 裝天花板 → ceil**ing** 天花板<br>dine 用餐 → din**ing** 用餐<br>find 找到 → find**ing** 發現<br>meet 見面 → meet**ing** 會議<br>wed 結婚 → wedd**ing** 婚禮 | bore 使無聊 → bor**ing** 使人無聊的<br>excite 使興奮 → excit**ing** 使人興奮的<br>freeze 冷凍 → freez**ing** 冰凍的<br>shock 使震驚 → shock**ing** 使人震驚的<br>surprise 使～驚喜 → surpris**ing** 使人驚喜的<br>tire 使～疲勞 → tir**ing** 使人疲倦的<br>exhaust 使～疲勞 → exhaust**ing** 使人疲倦的 |

# 子ㅇ子 [ɑ]

| mon- [mɑn]，字首，表示「警告、提醒」之意 | mon- [mɑn]，字首，表示「獨一、單一」之意 | mono- [mɑnə]，字首，表示「獨一、單一」之意 |
|---|---|---|
| **mon**itor 螢幕<br>**mon**ster 怪物<br>**mon**strous 像怪物的<br>**mon**ument 紀念碑 | **mon**arch 君主、帝王<br>**mon**archy 王國 | **mono**chrome 黑白相片<br>**mono**cle 單眼鏡片<br>**mono**graph 專論<br>**mono**lingual 單語的<br>**mono**log 長篇大論<br>**mono**phonic 單聲道的 |

## oa [o]

| broad [brod] 寬闊的 | board [bord] 木板、寄宿 |
|---|---|
| **broad**cast 廣播<br>**broad**caster 廣播員<br>**broad**en 變寬<br>**broad**minded 度量大的<br>a**broad** 在國外 | **board**er 寄宿生<br>**board**ing 寄宿<br>a**board** 在船上、在機上<br>bill**board** 廣告牌<br>bulletin **board** 佈告欄<br>card**board** 厚紙板<br>chess**board** 西洋棋盤<br>chopping **board** 切菜板 |

## oor [or]

| door [dor] 門 |
|---|
| back-**door** 走後門的<br>fire **door** 防火安全門<br>front **door** 前門<br>in**door** 室內<br>out**door** 室外 |

## 音節尾 o [o]

| mot- [mot]，字首，表示「運動」之意（t 常與後面的字母連成另一音節） |
|---|
| **mot**ion 運動、動作<br>**mot**ivate 激勵<br>**mot**ivation 激勵<br>**mot**ive 動機<br>**mot**or 馬達 |

## o子e [o]

| fore [for] 在前面 | |
|---|---|
| **fore**arm 前臂<br>**fore**cast 預測<br>**fore**court 前院<br>**fore**doom 預先注定<br>**fore**father 祖先<br>**fore**foot 動物的前足 | **fore**front 最前部<br>**fore**know 預知<br>**fore**land 海岬<br>**fore**see 先見<br>**fore**tell 預言 |

196

# or [ɔr]

| for- [fɔr]，字首，表示「分離、禁止、過度」之意 | form [fɔrm] 形體、形狀 |
|---|---|
| **for**bear 禁止、克制<br>**for**bearance 忍耐、容忍<br>**for**fend 迴避、防護<br>**for**feit 罰金<br>**for**ge 偽造 | **form**at 格式化<br>**form**ula 公式<br>**form**ulate 公式化<br>con**form** 使一致<br>de**form** 使變形<br>per**form** 實行、完成<br>re**form** 改良、改善<br>trans**form** 變形 |

# 弱音節 o [ə]

| for- [fə] 或 [fɚ]，字首，表示「分離、禁止、過度」之意 | com- [kəm]，字首，有「一起、完全」之意 |
|---|---|
| **for**bid 禁止<br>**for**get 忘記<br>**for**getful 健忘的<br>**for**give 原諒<br>**for**lorn 被遺棄的<br>**for**sake 放棄、拋棄 | **com**bine 結合、聯合<br>**com**munication 溝通<br>**com**passion 同情<br>**com**pete 競爭<br>**com**patible 相容的<br>**com**parative 比較的<br>**com**petitor 競爭者<br>**com**plaint 抱怨 |

# 弱音節 o [ə]

**-tion [ʃən]，名詞字尾，表示「行為、狀態、結果」之意**

educate 教育 → educa**tion** 教育
emote 表現感情 → emo**tion** 感情
invite 邀請 → invita**tion** 邀請函
operate 運作 → opera**tion** 手術
pollute 使汙染 → pollu**tion** 汙染
populate 居住 → popula**tion** 人口
posit 安置、放置 → posi**tion** 職位、職務
sect 派別、黨派 → sec**tion** 一部分
state 情況、狀況 → sta**tion** 車站
trade 貿易 → tradi**tion** 傳統
vacate 騰出、空出 → vaca**tion** 假期

# oo [u]

| room [rum] 房間 | school [skul] 學校 | food [fud] 食物 |
|---|---|---|
| bath**room** 浴室 | elementary **school** 小學 | **food** chain 食物鏈 |
| bed**room** 臥室 | junior high **school** 初中 | **food** poisoning 食物中毒 |
| class**room** 教室 | senior high **school** 高中 | **food** processor 食物料理機 |
| dining **room** 自家餐廳 | private **school** 私立學校 | |
| living **room** 客廳 | public **school** 公立學校 | **food**stuff 食品 |
| men's **room** 男廁 | boarding **school** 寄宿學校 | fast **food** 速食 |
| women's **room** 女廁 | **school**book 教科書 | health **food** 保健食品 |
| rest**room** 洗手間 | **school**house 校舍 | junk **food** 垃圾食物 |
| **room**er 房客 | **school**ing 學校教育 | sea**food** 海鮮 |
| **room**ing 出租公寓 | **school**mate 同學 | |
| **room**mate 室友 | **school**room 教室 | |
| **room**y 廣大的、寬敞的 | **school**work 課業 | |

# oo [ʊ]

| -hood [hʊd]，名詞字尾，表示「性質、狀態、集團」之意 | book [bʊk] 書、預訂 ||
|---|---|---|
| child**hood** 童年 | **book**able 可預訂的 | **book**worm 蠹魚、書呆子 |
| adult**hood** 成年期 | **book**binder 裝訂商 | bank**book** 銀行存摺 |
| baby**hood** 幼兒期 | **book**end 書靠 | check**book** 支票本 |
| bachelor**hood** 獨身時代 | **book**ing 預訂 | cook**book** 食譜 |
| brother**hood** 兄弟之誼 | **book**keeping 簿記 | guide**book** 旅遊指南 |
| sister**hood** 姊妹之誼 | **book**keeper 簿記員 | hand**book** 手冊 |
| parent**hood** 雙親立場 | **book**let 小冊子 | phone **book** 電話簿 |
| false**hood** 謊言 | **book**mark 書籤 | pocket**book** 口袋書 |
| likeli**hood** 可能性 | **book**seller 書商 | reference **book** 參考書 |
| neighbor**hood** 鄰近地區 | **book**shop 書店 | story**book** 故事書 |
| | **book**stall 書報攤 | work**book** 練習簿 |

# ow [aʊ]

## down [daʊn] 往下、在下方

**down** payment 頭期款
**down**cast 向下看的
**down**er 鎮定劑
**down**fall 垮臺
**down**grade 降職
**down**hearted 意氣消沉的
**down**hill 下坡的
**down**load 下載
**down**play 貶低
**down**pour 傾盆大雨
**down**right 徹底的
**down**size 縮減尺寸
**down**stairs 樓下的
**down**stream 下游的
**down**-to-earth 現實的、實際的
**down**town 城市商業區
**down**ward 向下地
**down**wind 在下風處
count**down** 倒數計時

## power [paʊɚ] 力量

**power**boat 汽艇
**power**ful 有力量的
**power**less 無力的
**power** line 電力線
**power** outage 停電
**power** station 發電廠
brain**power** 腦力
em**power** 授權
fire**power** 火力
horse**power** 馬力（單位）
man**power** 人力
nuclear **power** 核動力
over**power** 制伏
purchasing **power** 購買力
super**power** 超級強國

# ou [aʊ]

## out [aʊt] 在外的

- **out**break 爆發
- **out**class 勝過
- **out**cry 喧鬧
- **out**dated 過時的
- **out**field （棒球）外野
- **out**flow 溢出
- **out**go 支出
- **out**ing 郊遊、遠足
- **out**line 外形、輪廓
- **out**look 前途、展望
- **out**-of-print 絕版的
- **out**patient 門診病人
- **out**put 輸出
- **out**side 外面的
- **out**standing 傑出的
- **out**weigh 比⋯更重要

# oi [ɔɪ]

## join [dʒɔɪn] 參加、連接

- **join**t 關節
- **join**ted 有接縫的
- ad**join** 緊鄰
- con**join** 聯合
- en**join** 命令、囑咐
- re**join** 重新接合

# oy [ɔɪ]

## joy [dʒɔɪ] 喜悅、歡樂

- **joy** stick 操縱桿
- **joy**ful 令人喜悅的
- **joy**less 不快樂的
- en**joy** 享受
- en**joy**able 快樂的、有樂趣的
- en**joy**ment 令人愉快的事

## 學會自然發音

**字母** p
**發音符號** [p]

### Rap記憶口訣

# 豌豆莢裂開
# 劈哩劈哩 [ p p p ]

### 發音規則

字母 p 通常都唸成 [p]

### 用故事記發音規則

p 小弟一早出門，就被對面的阿 p 婆『潑』了一桶水，p 小弟滿臉髒水『呸呸呸～』，所以 p 都唸成 [ p ]。

### 聽rap記單字

一邊聽 rap，一邊注意字母 p [p] 的發音，就能很快把單字記住喔！

| | | |
|---|---|---|
| 1 | **p**in 大頭針 | 字母 p，[ppp]，字母 i，[ɪɪɪ]，p.i p.i，[pɪ pɪ]，pin |
| 2 | **p**en 筆 | 字母 p，[ppp]，字母 e，[εεε]，p.e p.e，[pε pε]，pen |
| 3 | **p**uppet 布偶 | 字母 p，[ppp]，字母 u，[ʌʌʌ]，p.u p.u，[pʌ pʌ]，puppet |
| 4 | **b**ack**p**ack 背包 | 字母 p，[ppp]，字母 a，[æææ]，p.a p.a，[pæ pæ]，backpack |

## pin 大頭針

| | | |
|---|---|---|
| pink | [pɪŋk] | 粉紅色 |
| pick | [pɪk] | 挑選 |
| picnic | [ˋpɪknɪk] | 野餐 |

pink

## pen 筆

| | | |
|---|---|---|
| pencil | [ˋpɛnsl̩] | 鉛筆 |
| pet | [pɛt] | 寵物 |
| pepper | [ˋpɛpɚ] | 胡椒 |

pencil

# p [p]

## puppet 布偶

| | | |
|---|---|---|
| pump | [pʌmp] | 抽水機 |
| pumpkin | [ˋpʌmpkɪn] | 南瓜 |
| puzzle | [ˋpʌzl̩] | 謎題 |

pump

## backpack 背包

| | | |
|---|---|---|
| package | [ˋpækɪdʒ] | 包裹 |
| panda | [ˋpændə] | 熊貓 |
| pants | [pænts] | 褲子 |

package

**用聽的記單字，不用背就記的住！**

pin + k = pink

粉紅色　She looks beautiful in a **pink** dress.
她穿粉紅色洋裝很好看。

pi + ck = pick

挑選　Emma **picked** a poetry collection. 艾瑪挑了一本詩集。

pic + nic = picnic

野餐　Let's go on a **picnic**! 我們去野餐吧！

pen + cil = pencil

鉛筆　He filled the form with a **pencil**. 他用鉛筆填那張表格。

pe + t = pet

寵物　Lucy has a **pet** cat. 露西養了一隻寵物貓。

pep + per = pepper

胡椒　I added some salt and **pepper** to the fried chicken.
我在炸雞上灑了一點胡椒鹽。

pum + p = pump

抽水機　There is a **pump** in the farm. 農場裡有個抽水機。

pum + p + kin = pumpkin

南瓜　**Pumpkin** pie is my favorite sweet dessert.
南瓜派是我最喜歡的甜點。

puz + zle = puzzle

謎題　It is a **puzzle** to me. 這對我來說是個謎。

pack + age = package

包裹　The **package** is yours. 包裹是你的。

pan + da = panda

熊貓　**Pandas** eat almost nothing but bamboo shoots and leaves.
熊貓除了竹筍和竹葉以外幾乎什麼都不吃。

pan + ts = pants

褲子　That shirt will match these **pants**.
那件襯衫配這件褲子會很好看。

205

## 學會自然發音

**字母 ph**
**發音符號 [f]**

### Rap記憶口訣

# 大象皮ㄈㄨ
# 很粗很粗 [ f f f ]

046-1

### 發音規則

ph 在一起時，唸成 [f]

### 用故事記發音規則

p 小弟和 h 小弟一起去『浮』潛，所以 ph 唸成 [ f ]。

### 聽rap記單字

一邊聽 rap，一邊注意字母 ph [f] 的發音，就能很快把單字記住喔！

046-2

**1 nephew 姪子**
p.h，[ff]，e.w，[ju ju]，
p.h.e.w，[fju fju]，nephew

**2 photo 照片**
p.h，[ff]，字母 o，[oo]，
p.h.o，[fo fo]，photo

**3 elephant 大象**
p.h，[ff]，字母 a，[əə]，
p.h.a，[fə fə]，elephant

**4 cell phone 手機**
p.h，[ff]，字母 o，[oo]，
p.h.o，[fo fo]，cell phone

206

## ne**ph**ew 姪子

| **ph**ysics | [ˈfɪzɪks] | 物理學 |
| **ph**ysical | [ˈfɪzɪkl̩] | 身體的 |
| **ph**rase | [frez] | 片語 |

**ph**ysics

## **ph**oto 照片

| **ph**otocopy | [ˈfotəˌkɑpɪ] | 影印 |
| **ph**otocopier | [ˈfotəˌkɑpɪɚ] | 影印機 |
| **ph**otographer | [fəˈtɑgrəfɚ] | 攝影師 |

**ph**otocopy

# **ph** [f]

046-3

## ele**ph**ant 大象

| al**ph**abet | [ˈælfəˌbɛt] | 字母表 |
| em**ph**asis | [ˈɛmfəsɪs] | 重點 |
| ty**ph**oon | [taɪˈfun] | 颱風 |

al**ph**abet

## cell **ph**one 手機

| tele**ph**one | [ˈtɛləˌfon] | 電話 |
| micro**ph**one | [ˈmaɪkrəˌfon] | 麥克風 |
| inter**ph**one | [ˈɪntɚˌfon] | 對講機 |

tele**ph**one

**用聽的記單字，不用背就記的住！**

phys + ics = physics

物理學

Mr. Owen teaches **physics** in a university.
歐文先生在大學裡教物理。

phys + i + cal = physical

身體的

You need more **physical** exercise. 你需要多活動身體。

phra + se = phrase

片語

I have to remember these **phrases**. 我得記住這些片語。

pho + to + cop + y = photocopy

影印

Can you **photocopy** these documents for me?
妳能幫我影印這些文件嗎？

pho + to + cop + ier = photocopier

影印機

A **photocopier** is a machine that makes paper copies.
影印機是用來印文件的機器。

pho + tog + ra + pher = photographer

攝影師

George is a famous **photographer**. 喬治是知名攝影師。

**al + pha + bet = alphabet**

字母表　The English **alphabet** has 26 letters. 英文字母有26個。

**em + pha + sis = emphasis**

重點　Our teacher puts great **emphasis** on grammar.
我們老師特別重視文法。

**ty + phoon = typhoon**

颱風　There were twelve **typhoons** last year. 去年有12個颱風。

**tele + phone = telephone**

電話　Doris, it's your **telephone** call. 桃樂絲，妳的電話。

**micro + phone = microphone**

麥克風　The **microphone** is very expensive.
那支麥克風非常昂貴。

**inter + phone = interphone**

對講機　Do you know how to use the **interphone** system?
你知道要怎麼使用對講機系統嗎？

*209*

## 字母 qu 發音符號 [kw]

**Rap記憶口訣**

擴胸擴胸 擴擴擴
[ kw kw kw ]

### 發音規則

qu 一起放字首時，唸成 [kw]

### 用故事記發音規則

q 小弟和 u 媽媽一起跳有氧舞蹈，每天都做『擴』胸運動，所以 qu 合在一起唸成 [ kw ]。

### 聽rap記單字

一邊聽 rap，一邊注意字母 qu [kw] 的發音，就能很快把單字記住喔!

**1 qualified 有資格的**
q.u，[kw kw kw]，字母 a，[ɑɑ]，
q.u.a，[kwɑ kwɑ]，qualified

**2 question 問題**
q.u，[kw kw kw]，字母 e，[ɛɛ]，
q.u.e，[kwɛ kwɛ]，question

**3 quite 相當**
q.u，[kw kw kw]，字母 i，[aɪ aɪ]，
q.u.i，[kwaɪ kwaɪ]，quite

**4 quickly 快速地**
q.u，[kw kw kw]，字母 i，[ɪɪ]，
q.u.i，[kwɪ kwɪ]，quickly

## qualified 有資格的

| qualification | [ˌkwɑləˈkeʃən] | 資格認證 |
| quality | [ˈkwɑlətɪ] | 品質 |
| quantity | [ˈkwɑntətɪ] | 數量 |

qualification

## question 問題

| questionnaire | [ˌkwɛstʃənˈɛr] | 問卷 |
| request | [rɪˈkwɛst] | 請求 |
| conquest | [ˈkɑŋkwɛst] | 征服 |

questionnaire

## qu [kw]

## quite 相當

| quiet | [ˈkwaɪət] | 安靜 |
| quietly | [ˈkwaɪətlɪ] | 安靜地 |
| enquire | [ɪnˈkwaɪr] | 詢問 |

quiet

## quickly 快速地

| quit | [kwɪt] | 放棄 |
| quilt | [kwɪlt] | 棉被 |
| quiz | [kwɪz] | 測驗 |

quit

211

用聽的記單字，不用背就記的住！

qual + i + fi + ca + tion = qualification

資格認證　Do you have any **qualification**? 你有任何證照嗎？

qual + i + ty = quality

品質　**Quality** matters more than quantity. 質比量更重要。

quan + ti + ty = quantity

數量　There is a big **quantity** of water in the bottle.
瓶子裡有大量的水。

ques + tion + naire = questionnaire

問卷　Can you fill out this **questionnaire**?
你能填一下這張問卷嗎？

re + quest = request

請求　I **request** him to do me a favor. 我請他幫我一個忙。

con + quest = conquest

征服　You can call it the history of **conquest**.
你可以說這是征服的歷史。

212

qui + et = quiet

安靜　Would you please be **quiet**? 能麻煩你安靜點嗎？

quiet + ly = quietly

安靜地　The cat is sleeping **quietly**. 貓咪靜靜地睡覺。

en + qui + re = enquire

詢問　I **enquired** about the flight departure time.
我詢問飛機起飛的時間。

qui + t = quit

放棄　Finally, he decided to **quit**. 終於，他選擇了放棄。

qui + lt = quilt

棉被　Is your **quilt** thick enough? 妳的棉被夠厚嗎？

qui + z = quiz

測驗　Here is a multiple choice **quiz**. 這是複選題測驗。

213

## 學會自然發音

**字母** r
**發音符號** [r]

### Rap記憶口訣

# 囉囉囉 學老狗叫 [ r r r ]

### 發音規則

字母 r 通常都唸成 [r]

### 用故事記發音規則

r 小弟愛吃滷『肉』飯，所以 r 唸成 [ r ]。

### 聽rap記單字

一邊聽 rap，一邊注意字母 r [r] 的發音，就能很快把單字記住喔!

| | | |
|---|---|---|
| 1 | **r**un 跑 | 字母 r，[rrr]，字母 u，[ʌʌʌ]，r.u r.u，[rʌ rʌ]，run |
| 2 | **r**ob 搶奪 | 字母 r，[rrr]，字母 o，[ɑɑɑ]，r.o r.o，[rɑ rɑ]，rob |
| 3 | **r**ed 紅色的 | 字母 r，[rrr]，字母 e，[ɛɛɛ]，r.e r.e，[rɛ rɛ]，red |
| 4 | **r**ose 玫瑰花 | 字母 r，[rrr]，字母 o，[ooo]，r.o r.o，[ro ro]，rose |

## run 跑

| rub | [rʌb] | 擦 |
| rubber | [ˋrʌbɚ] | 橡皮擦 |
| rush | [rʌʃ] | 緊急行動 |

rub

## rob 搶奪

| rock | [rɑk] | 岩石 |
| problem | [ˋprɑbləm] | 問題 |
| promise | [ˋprɑmɪs] | 承諾 |

rock

**r [r]**

048-3

## red 紅色的

| rest | [rɛst] | 休息 |
| restaurant | [ˋrɛstərənt] | 餐廳 |
| rent | [rɛnt] | 租用 |

rest

## rose 玫瑰花

| role | [rol] | 角色 |
| rope | [rop] | 繩子 |
| robot | [ˋrobət] | 機器人 |

role

215

**用聽的記單字，不用背就記的住！**

ru + b = rub

擦

The cat **rubbed** its face against my palm.
那隻貓用臉擦我的手掌。

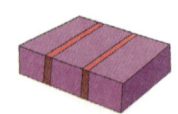

rub + ber = rubber

橡皮擦

Can you pass the **rubber** to me? 能把橡皮擦遞給我嗎？

ru + sh = rush

緊急行動

Don't **rush** to a conclusion. 不要急著下結論。

ro + ck = rock

岩石

We can see sharp **rocks** over there.
我們看到那裡有尖銳的岩石。

prob + lem = problem

問題

Do you have any **problem**? 有什麼問題嗎？

prom + ise = promise

承諾

Mom **promised** to take us out. 媽媽答應過要帶我們出去。

res + t = rest

休息　Let's take a **rest**. 休息一下吧。

res + tau + rant = restaurant

餐廳　How about dining at an Italian **restaurant**?
在義大利餐廳吃飯如何？

ren + t = rent

租用　I want to **rent** a studio. 我想租一間工作室。

ro + le = role

角色　She always plays the leading **role**. 她總是擔任主角。

ro + pe = rope

繩子　What do you want this **rope** for? 你要這條繩子做什麼？

ro + bot = robot

機器人　Harry collects all kinds of **robots**.
哈利收集各式各樣的機器人。

# p [p]

| pain [pen] 痛苦 | post [post] 郵寄 | prince [prɪns] 王子 |
|---|---|---|
| **pain**ful 痛苦的 | **post** office 郵局 | **prince**ss 公主 |
| **pain**killer 止痛劑 | **post**age 郵資 | **princ**ipal 首領、首長 |
| **pain**less 不痛的 | **post**al 郵政的 | **princ**iple 原則、信條 |
| **pain**staking 刻苦的 | **post**-free 免郵資的 | |
| | **post**man 郵差 | |
| | **post**mark 郵戳 | |
| | **post**paid 已付郵資的 | |

# p [p]

| per- [pɝ]，字首，表示「穿透、完全」之意 | pro- [prə]，字首，表示「向前、在前」之意 |
|---|---|
| **per**cept 直覺印象 | **pro**fession 職業 |
| **per**colate 滲透 | **pro**fessional 專業的 |
| **per**colator 過濾器 | **pro**fessor 教授 |
| **per**fect 完美的 | **pro**mote 促進 |
| **per**fervid 過於熱情的 | **pro**motion 晉級 |
| **per**forate 穿過、穿孔 | **pro**nounce 發音 |
| **per**fume 香水 | **pro**nunciation 發音法 |
| **per**son 個人 | **pro**tect 保護 |
| **per**sonal 個人的 | **pro**tection 保護 |
| **per**sonality 個性 | **pro**vide 提供 |
| **per**sonnel 人事 | **pro**vider 供應者 |

## qu [kw]

| quarter [kwɔrtɚ] 四分之一 | quick [kwɪk] 快速的 |
|---|---|
| **quarter**ed 四等份的 | **quick**en 加速 |
| **quarter**ly 季度的 | **quick**ness 快速 |
| **quarter**final 四分之一決賽 | **quick**sand 流沙 |
| head**quarter**s 總部 | |
| three-**quarter** 四分之三的 | |

## r [r]

| rain [ren] 雨 | re- [rɪ]，字首，表示「再、回、反」之意 | |
|---|---|---|
| **rain**bow 彩虹 | **re**act 反應 | **re**move 去除 |
| **rain**coat 雨衣 | **re**bel 謀反 | **re**peat 重複 |
| **rain**drop 雨滴 | **re**call 回憶 | **re**place 取代 |
| **rain**fall 降雨量 | **re**ceive 收到 | **re**sign 辭職 |
| **rain** forest 雨林 | **re**flect 反射 | **re**spect 尊敬 |
| **rain**less 少雨的 | **re**fresh 提神 | **re**sponsible 負責的 |
| **rain**proof 防雨的 | **re**fuse 拒絕 | **re**sult 結果 |
| **rain**storm 暴風雨 | **re**gret 後悔 | **re**tire 退休 |
| **rain**water 雨水 | **re**member 記住 | **re**view 再檢查 |
| **rain**y 多雨的 | **re**mind 提醒 | **re**vise 複習 |

## 學會自然發音

**字母 S**
**發音符號 [s]**

### Rap記憶口訣
# 蛇爬行 嘶嘶嘶 [ S S S ]

### 發音規則
字母 s 大部分唸成無聲的 [s]

### 用故事記發音規則
s 小弟常常吃榨菜肉『絲』麵，所以 s 唸成 [ s ]。

### 聽rap記單字
一邊聽 rap，一邊注意字母 s [s] 的發音，就能很快把單字記住喔！

**1 sister 姊妹**
字母 s，[sss]，字母 i，[ɪɪɪ]，
s.i s.i，[sɪ sɪ]，sister

**2 seek 尋找**
字母 s，[sss]，e.e，[ii]，
s.e.e s.e.e，[si si]，seek

**3 sale 拍賣**
字母 s，[sss]，字母 a，[eee]，
s.a s.a，[se se]，sale

**4 sofa 沙發**
字母 s，[sss]，字母 o，[ooo]，
s.o s.o，[so so]，sofa

220

## sister 姊妹

| | | |
|---|---|---|
| sick | [sɪk] | 生病的 |
| sink | [sɪŋk] | 下沉 |
| sit | [sɪt] | 坐 |

sick

## seek 尋找

| | | |
|---|---|---|
| see | [si] | 看 |
| seed | [sid] | 種子 |
| seesaw | [`si͵sɔ] | 蹺蹺板 |

see

# S [s]

## sale 拍賣

| | | |
|---|---|---|
| salesman | [`selzmən] | 推銷員 |
| safe | [sef] | 安全的 |
| same | [sem] | 一樣的 |

salesman

## sofa 沙發

| | | |
|---|---|---|
| so | [so] | 如此 |
| soda | [`sodə] | 蘇打水 |
| soldier | [`soldʒɚ] | 士兵 |

so so

221

## 用聽的記單字，不用背就記的住！

si + ck = sick

**生病的** The **sick** girl looks pale. 那個生病的女孩看起來好蒼白。

sin + k = sink

**下沉** The ship is **sinking**. 船正在下沉。

si + t = sit

**坐** **Sit** down, please. 請坐。

s + ee = see

**看** Do you **see** the squirrel? 有看到那隻松鼠嗎？

see + d = seed

**種子** Sunflower **seeds** are regarded as a health-promoting snack. 葵花籽被視為有益健康的零食。

see + saw = seesaw

**蹺蹺板** There are kids playing on the **seesaw**. 有小孩子在玩蹺蹺板。

sale s + man = salesman

推銷員　A **salesman** is persuading her into buying a new refrigerator. 推銷員正在說服她買下新的冰箱。

sa + fe = safe

安全的　The city is not **safe**. 這城市並不安全。

sa + me = same

一樣的　Susan and I have the **same** shoes. 我和蘇珊有一樣的鞋子。

so　s + o = so

如此　I don't think **so**. 我並不如此認為。

so + da = soda

蘇打水　I want ice cream **soda**. 我要冰淇淋蘇打。

sol + dier = soldier

士兵　He is a **soldier**. 他是士兵。

223

## 學會自然發音
**字母 S**
**發音符號 [ʒ]**

### Rap記憶口訣
# 咀嚼的咀，用喉嚨發音 [ʒʒʒ]

### 發音規則
有時 -sion、-sual、-sure 的組合，字母 s 會唸成 [ʒ]

### 用故事記發音規則
s 小弟有時候會吃「橘」子，所以子音 s 有時候會唸成 [ʒ]。

我在咀嚼

### 聽rap記單字
一邊聽 rap，一邊注意字母 s [ʒ] 的發音，就能很快把單字記住喔!

| | | |
|---|---|---|
| 1  | **unusual** 不常的 | 字母 s，[ʒʒʒ]，字母 u，[ʊʊʊ]，s.u s.u，[ʒʊ ʒʊ ʒʊ]，unusual |
| 2 | **explosion** 爆炸 | s.i s.i，[ʒʒʒ]，o.n o.n，[ən ən ən]，s.i.o.n，[ʒən ʒən ʒən]，explosion |
| 3 | **television** 電視 | s.i s.i，[ʒʒʒ]，o.n o.n，[ən ən ən]，s.i.o.n，[ʒən ʒən ʒən]，television |
| 4  | **measure** 測量 | 字母 s，[ʒʒʒ]，u.r.e，[ɚ ɚ ɚ]，s.u.r.e，[ʒɚ ʒɚ ʒɚ]，measure |

224

## unusual 不常的

| | | |
|---|---|---|
| usual | [ˈjuʒʊəl] | 經常的 |
| usually | [ˈjuʒʊəlɪ] | 經常地 |
| casual | [ˈkæʒʊəl] | 非正式的 |

usual

## explosion 爆炸

| | | |
|---|---|---|
| division | [dəˈvɪʒən] | 部門 |
| version | [ˈvɝʒən] | 版本 |
| vision | [ˈvɪʒən] | 視力 |

division

# s [ʒ]

## television 電視

| | | |
|---|---|---|
| collision | [kəˈlɪʒən] | 相撞 |
| confusion | [kənˈfjuʒən] | 混亂 |
| decision | [dɪˈsɪʒən] | 決策 |

collision

## measure 測量

| | | |
|---|---|---|
| pleasure | [ˈplɛʒɚ] | 消遣 |
| displeasure | [dɪsˈplɛʒɚ] | 不滿 |
| treasure | [ˈtrɛʒɚ] | 寶藏 |

pleasure

用聽的記單字，不用背就記的住！

u + sual = usual

經常的　Shelley lit the lamp as **usual**. 雪莉一如往常地打開燈。

u + sual + ly = usually

經常地　Mom **usually** listens to music while reading.
媽媽經常邊看書邊聽音樂。

ca + sual = casual

非正式的　I prefer **casual** wear. 我比較喜歡非正式的衣著。

di + vi + sion = division

部門　This is the Products **Division**. 這是產品部門。

ver + sion = version

版本　I bought the second **version** of the book.
我買了那本書的第二版。

vi + sion = vision

視力　Do you know how to improve your **vision**?
你知道要怎麼改善視力嗎？

226

col + li + sion = collision

相撞 The **collision** between these two cars was caused by rain.
這兩台車因天雨路滑而相撞。

con + fu + sion = confusion

混亂 The living room is in a state of **confusion**.
客廳一片混亂。

de + ci + sion = decision

決策 It was a sudden **decision**. 這是個倉卒的決策。

plea + sure = pleasure

消遣 I draw pictures for **pleasure**. 我作畫聊以自娛。

dis + plea + sure = displeasure

不滿 The workers' **displeasure** with management caused the workers to go on strike. 對管理的不滿使得員工們罷工抗議。

trea + sure = treasure

寶藏 The pirates hid their **treasure** on a secret island.
海盜們把他們的寶藏藏在一個祕密的島嶼。

227

## 學會自然發音

**字母 S**
**發音符號 [z]**

### Rap記憶口訣

# 兩隻 dogs 扮鬼臉 [ Z Z Z ]

### 發音規則

複數名詞及三單（第三人稱單數），s 接在母音和有聲子音之後，唸成有聲的 [z]。

### 用故事記發音規則

s 小弟遇到前面有媽媽或是其它聲音比較大的小孩子,就會一起變大聲 [zzz]。所以 s 唸成 [ z ]。

### 聽rap記單字

一邊聽 rap，一邊注意字母 s [z] 的發音，就能很快把單字記住喔!

**1 adds 附加（三單）**
字母 d，[ddd]，字母 s，[zzz]，
d.s d.s，[dz dz dz]，adds

**2 mirrors 鏡子（複數）**
o.r o.r，[ɚ ɚ ɚ]，字母 s，[zzz]，
o.r.s o.r.s，[ɚz ɚz]，mirrors

**3 pictures 照片（複數）**
t.u.r.e，[tʃɚ tʃɚ tʃɚ]，字母 s，[zzz]，
t.u.r.e.s，[tʃɚz tʃɚz]，pictures

**4 rooms 房間（複數）**
字母 m，[mmm]，字母 s，[zzz]，
m.s m.s，[mz mz mz]，rooms

## adds 附加（三單）

| builds | [bɪldz] | 建造（三單） |
| finds | [faɪndz] | 尋找（三單） |
| holds | [holdz] | 握住（三單） |

builds

## mirrors 鏡子（複數）

| actors | [ˋæktɚz] | 男演員們 |
| errors | [ˋɛrɚz] | 錯誤（複數） |
| scissors | [ˋsɪzɚz] | 剪刀（永為複數） |

actors

# s [z]

051-3

## pictures 照片（複數）

| cultures | [ˋkʌltʃɚz] | 文明（複數） |
| futures | [ˋfjutʃɚz] | 期貨 |
| temperatures | [ˋtɛmprətʃɚz] | 溫度（複數） |

cultures

## rooms 房間（複數）

| albums | [ˋælbəmz] | 相簿（複數） |
| gyms | [dʒɪmz] | 健身房（複數） |
| museums | [mjuˋzɪəmz] | 博物館（複數） |

albums

**用聽的記單字，不用背就記的住！**

buil + ds = builds

建造(三單) A bird **builds** its nest. 鳥兒築巢。

fin + ds = finds

尋找(三單) Jason **finds** his paper from the drawer.
傑生在抽屜裡找到他的報告。

hol + ds = holds

握住(三單) The baby **holds** my finger. 小寶寶握住我的手指。

act + ors = actors

男演員們 They are all handsome **actors**. 他們都是英俊的男演員。

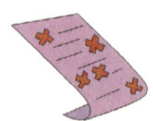

er + rors = errors

錯誤(複數) There are several **errors** in your report.
妳的報告中有幾處錯誤。

scis + sors = scissors

剪刀(永為複數) Be careful when you use **scissors**. 使用剪刀時要小心。

cul + tures = cultures

文明(複數) There are many ancient **cultures** in Asia.
亞洲有許多的古文明。

fu + tures = futures

期貨 He understands **futures** market very well.
他對期貨市場相當了解。

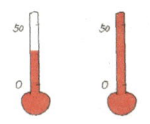

temp + ratures = temperatures

溫度(複數) I want to know the warmest and coldest **temperatures**.
我想知道最高溫和最低溫各是多少。

al + bums = albums

相簿(複數) Ruby has five **albums**. 露比有五本相簿。

gy + ms = gyms

健身房(複數) There are twenty-five **gyms** in the city.
市內有25家健身房。

mu + seums = museums

博物館(複數) I have visited forty **museums**. 我參觀過 40 間博物館。

231

# 學會自然發音

字母 **sh**
發音符號 [ʃ]

**Rap記憶口訣**

# 請安靜 噓 [ʃʃʃ]

## 發音規則

sh 唸成無聲的 [ʃ]

## 用故事記發音規則

s 小弟和 h 小弟感冒了，喉嚨痛沒有聲音，很『虛』弱，所以 sh 唸成無聲的 [ʃ]。

## 聽rap記單字

一邊聽 rap，一邊注意字母 sh [ʃ] 的發音，就能很快把單字記住喔!

**1 selfish** 自私的
字母 i，[ɪɪɪ]，s.h，[ʃʃʃ]，
i.s.h，[ɪʃ ɪʃ]，selfish

**2 shopkeeper** 店員
s.h，[ʃʃʃ]，字母 o，[aaa]，
s.h.o，[ʃa ʃa]，shopkeeper

**3 trash** 垃圾
字母 a，[æææ]，s.h，[ʃʃʃ]，
a.s.h，[æʃ æʃ]，trash

**4 shame** 羞恥
s.h，[ʃʃʃ]，字母 a，[eee]，
s.h.a，[ʃe ʃe]，shame

## selfish 自私的

| fisherman | [ˈfɪʃɚmən] | 漁夫 |
| English | [ˈɪŋglɪʃ] | 英文 |
| foolish | [ˈfulɪʃ] | 愚笨的 |

fisherman

## shopkeeper 店員

| shop | [ʃap] | 商店 |
| shock | [ʃak] | 使震驚 |
| shot | [ʃat] | 射擊 |

shop

# sh [ʃ]

## trash 垃圾

| cash | [kæʃ] | 現金 |
| slash | [slæʃ] | 斜線 |
| flashlight | [ˈflæʃˌlaɪt] | 手電筒 |

cash

## shame 羞恥

| shake | [ʃek] | 顫抖 |
| shape | [ʃep] | 外形 |
| shade | [ʃed] | 蔭涼處 |

shake

233

用聽的記單字，不用背就記的住！

fish + er + man = fisherman

漁夫　The **fisherman** lives near the sea. 那漁夫就住在海邊。

Eng + lish = English

英文　Louisa speaks **English** fluently.
露伊莎的英文說得很流利。

fool + ish = foolish

愚笨的　He is a **foolish** person. 他是個愚蠢的人。

sho + p = shop

商店　She went to a deli **shop** and bought cheese and ham.
她到熟食店買了起司和火腿。

sho + ck = shock

使震驚　Raymond is **shocked** by the news.
雷蒙對這個消息感到震驚。

sho + t = shot

射擊　You will only have time for one **shot**.
你將只有射擊一發的時間。

c + ash = cash

**現金** I have no **cash** on me. 我身上沒現金。

s + lash = slash

**斜線** You have to use a **slash** here. 你得在這裡用斜線。

f + lash + light = flashlight

**手電筒** You can find a **flashlight** in his room.
你可以在他房間找到手電筒。

sha + ke = shake

**顫抖** She **shakes** with terror. 她因恐懼而顫抖。

sha + pe = shape

**外形** The bread is in the **shape** of a basketball.
這麵包是籃球的外形。

sha + de = shade

**蔭涼處** Let's sit in the **shade** of the trees. 我們坐在樹蔭下吧。

235

## 學會自然發音

字母 **t**

發音符號 **[t]**

### Rap記憶口訣
# 特別的特 [ t t t ]

### 發音規則
字母 t 通常唸成無聲的 [t]

### 用故事記發音規則
t 小弟中了『特』獎，高興得說不出話來，所以 t 唸成無聲的 [ t ]。

真特別！

### 聽rap記單字
一邊聽 rap，一邊注意字母 t [t] 的發音，就能很快把單字記住喔！

**1 truck** 卡車
t.r t.r，[tr tr tr]，字母 u，[ʌʌ]，
t.r.u，[trʌ trʌ]，truck

**2 tomato** 蕃茄
字母 t，[ttt]，字母 o，[əə]，
t.o t.o，[tə tə]，tomato

**3 tangerine** 橘子
字母 t，[ttt]，字母 a，[ææ]，
t.a t.a，[tæ tæ]，tangerine

**4 temple** 寺廟
字母 t，[ttt]，字母 e，[ɛɛ]，
t.e t.e，[tɛ tɛ]，temple

## truck 卡車

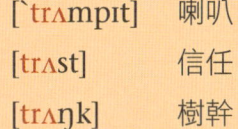

| trumpet | [`trʌmpɪt] | 喇叭 |
| trust | [trʌst] | 信任 |
| trunk | [trʌŋk] | 樹幹 |

trumpet

## tomato 蕃茄

| today | [tə`de] | 今天 |
| tonight | [tə`naɪt] | 今晚 |
| tomorrow | [tə`mɔro] | 明天 |

today

# t [t]

## tangerine 橘子

| tank | [tæŋk] | 坦克 |
| talent | [`tælənt] | 才幹 |
| taxi | [`tæksɪ] | 計程車 |

tank

## temple 寺廟

| tell | [tɛl] | 告訴 |
| tennis | [`tɛnɪs] | 網球 |
| tent | [tɛnt] | 帳篷 |

tell

用聽的記單字，不用背就記的住！

trum + pet = trumpet

喇叭

Mr. Doolittle can play the **trumpet**.
杜立德先生會吹喇叭。

trus + t = trust

信任

**Trust** me, you can do it. 相信我，你辦得到。

trun + k = trunk

樹幹

The **trunk** of the tree is very thick. 這棵樹的樹幹相當粗。

to + day = today

今天

I have three meetings **today**. 我今天有三個會要開。

to + night = tonight

今晚

I want to see a movie **tonight**. 我今晚想去看電影。

to + mor + row = tomorrow

明天

See you **tomorrow**. 明天見。

tan + k = tank

坦克　The army has **tanks**. 部隊配有坦克車。

tal + ent = talent

才幹　He has a **talent** for drama. 他有演戲的才能。

ta + xi = taxi

計程車　I called a **taxi**. 我招了一輛計程車。

tel + l = tell

告訴　Please **tell** me the truth. 請告訴我實情。

ten + nis = tennis

網球　Anna is a famous **tennis** player. 安娜是知名網球選手。

ten + t = tent

帳篷　Let's put up our **tent**. 我們來搭帳篷。

239

# 學會自然發音

**字母 th**
**發音符號 [θ]**

### Rap記憶口訣
## 兩排牙齒輕咬舌頭
## [ θ θ θ ]

### 發音規則

th 有時唸成咬舌無聲的 [θ]

### 用故事記發音規則

t 小弟和 h 小弟比賽繞口令，t 小弟咬到舌頭，h 小弟唸不出來，所以 th 唸成咬舌無聲的 [θ]。

### 聽rap記單字

一邊聽 rap，一邊注意字母 th [θ] 的發音，就能很快把單字記住喔！

| | | |
|---|---|---|
| 1  | think 思考 | t.h，[θθθ]，字母 i，[ɪɪɪ]，<br>t.h.i，[θɪ θɪ]，think |
| 2  | something 某物 | t.h，[θθθ]，i.n.g，[ɪŋ ɪŋ ɪŋ]，<br>t.h.i.n.g，[θɪŋ θɪŋ]，something |
| 3  | thirteenth 第十三 | t.e.e.n，[tin tin tin]，t.h，[θθθ]，<br>t.e.e.n.t.h，[tinθ tinθ]，thirteenth |
| 4  | Thanksgiving 感恩節 | t.h，[θθθ]，字母 a，[æææ]，<br>t.h.a，[θæ θæ]，Thanksgiving |

240

## think 思考

| thin | [θɪn] | 纖細的 |
| thing | [θɪŋ] | 東西 |
| thick | [θɪk] | 厚的 |

thin

## something 某物

| anything | [ˋɛnɪˏθɪŋ] | 任何事 |
| everything | [ˋɛvrɪˏθɪŋ] | 每件事 |
| nothing | [ˋnʌθɪŋ] | 沒事 |

anything

# th [θ]

## thirteenth 第十三

| fourteenth | [forˋtinθ] | 第十四 |
| fifteenth | [fɪfˋtinθ] | 第十五 |
| sixteenth | [ˋsɪksˋtinθ] | 第十六 |

fourteenth

## Thanksgiving 感恩節

| thanks | [θæŋks] | 謝謝 |
| thank | [θæŋk] | 道謝 |
| thankful | [ˋθæŋkfəl] | 感謝的 |

thanks

## 用聽的記單字，不用背就記的住！

thi + n = thin

**纖細的** She looks **thin**. 她看起來很纖細。

thi + ng = thing

**東西** What do you call that **thing**? 那個東西你們叫什麼？

thi + ck = thick

**厚的** I'd like a cheese **thick** toast. 我要一份起司厚片吐司。

an + y + thing = anything

**任何事** Is there **anything** wrong? 有任何問題嗎？

eve + ry + thing = everything

**每件事** **Everything** is okay. 每件事都很妥當。

no + thing = nothing

**沒事** I have **nothing** to say. 我沒什麼要說的。

242

four + teenth = fourteenth

第十四　My birthday is on April **fourteenth**.
我的生日是四月十四日。

fif + teenth = fifteenth

第十五　This is Cathy's **fifteenth** birthday. 這是凱西的十五歲生日。

six + teenth = sixteenth

第十六　This is my **sixteenth** time to buy her a gift.
這是我第十六次買禮物給她。

than + ks = thanks

謝謝　**Thanks**, buddy. 謝了，老兄。

tha + nk = thank

道謝　I want to **thank** you for your attendance.
我想感謝你的出席。

thank + ful = thankful

感謝的　I am **thankful** for her teaching. 我感謝她的教導。

243

# 學會自然發音

**字母 th**
**發音符號 [ð]**

**Rap記憶口訣**

## 兩排牙齒　輕輕咬舌頭
## [ð ð ð]

### 發音規則

th 有時唸成咬舌有聲的 [ð]

### 用故事記發音規則

t 小弟和 h 小弟比賽繞口令，t 小弟咬到舌頭，h 小弟唸出聲音來，所以 th 唸成咬舌有聲的 [ð]。

### 聽rap記單字

一邊聽 rap，一邊注意字母 th [ð] 的發音，就能很快把單字記住喔！

| | | |
|---|---|---|
| 1 | **th**eir 他們的 | t.h t.h，[ð ð ð]，字母 e，[ɛ ɛ ɛ]，<br>t.h.e，[ðɛ ðɛ ðɛ]，their |
| 2 | bro**th**er 兄弟 | t.h t.h，[ð ð ð]，e.r e.r，[ɚ ɚ ɚ]，<br>t.h.e.r，[ðɚ ðɚ ðɚ]，brother |
| 3 | ba**the** 洗澡 | t.h t.h，[ð ð ð]，字母 e，不發音，<br>t.h.e，[ð ð ð]，bathe |
| 4 | toge**th**er 一起地 | t.h t.h，[ð ð ð]，e.r e.r，[ɚ ɚ ɚ]，<br>t.h.e.r，[ðɚ ðɚ ðɚ]，together |

## their 他們的

| then | [ðɛn] | 然後 |
| there | [ðɛr] | 那裡 |
| therefore | [ˋðɛr͵for] | 因此 |

then

## brother 兄弟

| bother | [ˋbɑðɚ] | 打擾 |
| another | [əˋnʌðɚ] | 另外的 |
| weather | [ˋwɛðɚ] | 天氣 |

bother

# th [ð]

## bathe 洗澡

| sunbathe | [ˋsʌn͵beð] | 做日光浴 |
| breathe | [brið] | 呼吸 |
| swathe | [sweð] | 繃帶 |

sunbathe

## together 一起地

| altogether | [͵ɔltəˋgɛðɚ] | 總計 |
| gather | [ˋgæðɚ] | 聚集 |
| gathering | [ˋgæðərɪŋ] | 集會* |

altogether

*因後面還有音節，故[ɚ]拆成[ə][r]發音。

245

## 用聽的記單字，不用背就記的住！

**the + n = then**

然後　I brushed my teeth and **then** ate breakfast.
我刷完牙，然後吃早餐。

**the + re = there**

那裡　He is over **there**. 他在那裡。

**there + fore = therefore**

因此　She is sick and **therefore** can't come.
她生病了，因此無法前來。

**bo + ther = bother**

打擾　Don't **bother** him. 別打擾他。

**a + nother = another**

另外的　I have **another** opinion. 我有其他的看法。

**wea + ther = weather**

天氣　How is the **weather** today? 今天天氣如何？

246

**sun + bath**e **= sunbathe**

做日光浴

There are girls **sunbathing** on the beach.
在海灘上有女孩們在做日光浴。

**brea + th**e **= breathe**

呼吸

The poor little cat is still **breathing**.
這可憐的小貓還在呼吸。

**swa + th**e **= swathe**

繃帶

You have to bind him with a **swathe**.
你得用繃帶幫他包紮。

**al + to + ge + ther = altogether**

總計

Elaine bought five bottles of milk **altogether**.
伊蓮總共買了五瓶牛奶。

**ga + ther = gather**

聚集

Lauren **gathered** many people for a party.
蘿倫聚集了許多人辦派對。

**ga + ther + ing = gathering**

集會

The **gathering** of managers will be held next week.
經理的集會將在下週舉行。

247

**學會自然發音**

字母 **u**
發音符號 [ʌ]

Rap記憶口訣

## U小妹拿雨傘
## umbrella [ ʌ ʌ ʌ ]

**發音規則**

字母 u 在重音節，唸 [ʌ]

**用故事記發音規則**

u 媽媽唸經：[ʌ] 彌陀佛。所以母音 u 唸成重音的 [ʌ]

**聽rap記單字**

一邊聽 rap，一邊注意字母 u [ʌ] 的發音，就能很快把單字記住喔！

| | | |
|---|---|---|
| 1 |  **hu**ndred 百 | 字母 h，[hhh]，字母 u，[ʌʌʌ]，h.u h.u，[hʌ hʌ hʌ]，hundred |
| 2 |  **bu**g 小蟲 | 字母 b，[bbb]，字母 u，[ʌʌʌ]，b.u b.u，[bʌ bʌ bʌ]，bug |
| 3 |  **u**nclean 不乾淨的 | 字母 u，[ʌʌʌ]，字母 n，[nnn]，u.n u.n，[ʌn ʌn ʌn]，unclean |
| 4 |  **cu**p 杯子 | 字母 c，[kkk]，字母 u，[ʌʌʌ]，c.u c.u，[kʌ kʌ kʌ]，cup |

## hundred 百

| hungry | [ˈhʌŋgrɪ] | 飢餓的 |
| hunter | [ˈhʌntɚ] | 獵人 |
| humble | [ˈhʌmbl̩] | 謙虛的 |

hungry

## bug 小蟲

| bun | [bʌn] | 圓髮髻 |
| bus | [bʌs] | 巴士 |
| but | [bʌt] | 但是 |

bun

# u [ʌ]

## unclean 不乾淨的

| under | [ˈʌndɚ] | (在⋯)下面的 |
| underpass | [ˈʌndɚˌpæs] | 地下道 |
| unhappy | [ʌnˈhæpɪ] | 不高興的 |

under ➡

## cup 杯子

| cut | [kʌt] | 切割 |
| custom | [ˈkʌstəm] | 習俗 |
| discuss | [dɪˈskʌs] | 討論 |

cut

用聽的記單字，不用背就記的住！

hun + gry = hungry

飢餓的

The **hungry** person asked for a sandwich.
那個飢餓的人要了一個三明治。

hun + ter = hunter

獵人

Robin is a brave **hunter**. 羅賓是個勇敢的獵人。

hum + ble = humble

謙虛的

The famous professor is very **humble**.
那位知名的教授為人非常謙虛。

bu + n = bun

圓髮髻

Auntie Lisa wore her hair in a **bun**.
麗莎阿姨把頭髮挽成圓髻。

bu + s = bus

巴士

I left my bag on the **bus**. 我把包包留在巴士上了。

bu + t = but

但是

I know her, **but** I don't like her. 我認識她，但不喜歡她。

250

un + der = under

(在⋯)下面的
They are playing **under** a tree. 他們在樹下玩耍。

un + der + pass = underpass

地下道
The government built a new **underpass**.
政府建了新的地下道。

un + hap + py = unhappy

不高興的
Gillian looks **unhappy**. 姬蓮看起來很不高興。

cu + t = cut

切割
Vivian **cut** her finger. 薇薇安割傷了手指。

cus + tom = custom

習俗
The celebration of the Chinese New Year is a **custom**.
慶祝農曆新年是一種習俗。

dis + cuss = discuss

討論
We have **discussed** this topic. 我們討論過這個主題。

251

## 學會自然發音

**字母 u**
**發音符號 [ju]**

### Rap記憶口訣

# U小妹的名字叫做U [ ju ]

### 發音規則

ue，u＋子音＋e，或是 u 在音節的開頭、結尾，u 可能唸成長音的 [ju]

### 用故事記發音規則

u 媽媽和 e 媽媽中間擠了一群孩子，e 媽媽不出聲，u 媽媽則拉長音大叫：「You! You! 別擠啦!」所以「u＋子音＋e」的字母 u 唸成長音的 [ ju ]。

我的名字是長音的 [ju]

### 聽rap記單字

一邊聽 rap，一邊注意字母 u [ju] 的發音，就能很快把單字記住喔！

**1 unicorn 獨角獸**
字母 u，[ju ju ju]，n.i n.i，[nɪ nɪ nɪ]，u.n.i，[junɪ junɪ]，unicorn

**2 continue 繼續**
字母 n，[nnn]，u.e u.e，[ju ju ju]，n.u.e，[nju nju]，continue

**3 accuse 指責**
字母 c，[kkk]，字母 u，[ju ju ju]，c.u c.u，[kju kju]，accuse

**4 human 人類**
字母 h，[hhh]，字母 u，[ju ju ju]，h.u h.u，[hju hju]，human

## human 人類

| humid | [ˈhjumɪd] | 濕熱的 |
| humor | [ˈhjumɚ] | 幽默 |
| humorous | [ˈhjumərəs] | 有幽默感的 |

humid

## continue 繼續

| due | [dju] | 到期的 |
| value | [ˈvælju] | 價值 |
| Tuesday | [ˈtjuzde] | 星期二 |

due

## u [ju]

## accuse 指責

| excuse | [ɪkˈskjuz] | 辯解 |
| cure | [kjur] | 治療 |
| secure | [sɪˈkjur] | 安全的 |

excuse

## unicorn 獨角獸

| unit | [ˈjunɪt] | 單位 |
| universe | [ˈjunɪˌvɝs] | 宇宙 |
| university | [ˌjunɪˈvɝsətɪ] | 大學 |

unit  60S=1M

253

用聽的記單字，不用背就記的住！

hu + mid = humid

濕熱的　The **humid** climate is annoying. 這潮濕的天氣很煩人。

hu + mor = humor

幽默　He wants to know how to improve his sense of **humor**. 他想知道如何培養幽默感。

hu + mo + rous = humorous

有幽默感的　Teddy is **humorous**. 泰迪很有幽默感。

d + ue = due

到期的　The bill comes **due**. 支票到期。

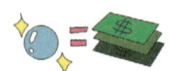

val + ue = value

價值　The **value** of the NT dollar falls. 台幣貶值。

Tues + day = Tuesday

星期二　I have French classes on **Tuesdays**.
我星期二固定上法文課。

254

ex + cus~~e~~ = excuse

辯解

Liz **excused** herself for her absence.
莉茲為自己的缺席辯解。

cu + r~~e~~ = cure

治療

The doctor **cured** me of cold. 醫生治療了我的感冒症狀。

se + cur~~e~~ = secure

安全的

Don't worry, you are **secure**. 別擔心，你是安全的。

u + nit = unit

單位

The minute is a **unit** of time. 分鐘是計時單位。

u + ni + vers~~e~~ = universe

宇宙

I am curious about the history of the **universe**.
我對宇宙的歷史很好奇。

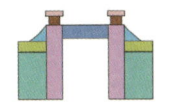

u + ni + ver + si + ty = university

大學

This **university** is composed of seven colleges.
這所大學由七個學院組成。

學會自然發音

字母 **ur**

發音符號 [ɝ]

**Rap記憶口訣**

# URUR [ ɝ ɝ ɝ ]
# nurse nurse [ ɝ ɝ ɝ ]

### 發音規則

ur 在一起時，唸成 [ɝ]

### 用故事記發音規則

u 媽媽和 r 小妹老是拖拖拉拉，每次都說：「待會兒 [ɝ]，待會兒 [ɝ]」

### 聽rap記單字

一邊聽 rap，一邊注意字母 ur [ɝ] 的發音，就能很快把單字記住喔!

| | | |
|---|---|---|
| 1 | **tur**key 火雞 | 字母 t，[ttt]，u.r u.r，[ɝ ɝ ɝ]，t.u.r，[tɝ tɝ tɝ]，turkey |
| 2 | **bur**n 燒 | 字母 b，[bbb]，u.r u.r，[ɝ ɝ ɝ]，b.u.r，[bɝ bɝ bɝ]，burn |
| 3 | **pur**ple 紫色的 | 字母 p，[ppp]，u.r u.r，[ɝ ɝ ɝ]，p.u.r，[pɝ pɝ pɝ]，purple |
| 4 | **cur**tain 窗簾 | 字母 c，[kkk]，u.r u.r，[ɝ ɝ ɝ]，c.u.r，[kɝ kɝ kɝ]，curtain |

256

## turkey 火雞

| turtle | [ˋtɝtl] | 烏龜 |
| turn | [tɝn] | 轉 |
| return | [rɪˋtɝn] | 返回 |

turtle

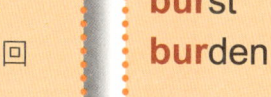

## burn 燒

| burger | [ˋbɝgɚ] | 漢堡 |
| burst | [bɝst] | 爆炸 |
| burden | [ˋbɝdn̩] | 重擔 |

burger

# ur [ɝ]

## purple 紫色的

| purse | [pɝs] | (女用)皮包 |
| purpose | [ˋpɝpəs] | 目的 |
| purchase | [ˋpɝtʃəs] | 購買 |

purse

## curtain 窗簾

| current | [ˋkɝənt] | 當前的 |
| currency | [ˋkɝənsɪ] | 貨幣 |
| curve | [kɝv] | 曲線 |

current

What's the current time?

**用聽的記單字，不用背就記的住！**

tur + tle = turtle

烏龜　A **turtle** is racing with a rabbit. 烏龜和兔子正在賽跑。

tur + n = turn

轉　He **turned** his head. 他轉過頭。

re + turn = return

返回　When will you **return** home? 你哪時候會回家？

bur + ger = burger

漢堡　Do you like beef **burger** and fries?
你喜歡牛肉漢堡配薯條嗎？

bur + st = burst

爆炸　The balloon **burst**. 氣球爆炸了。

bur + den = burden

重擔　It's really a heavy **burden**. 這真是個重擔。

258

pur + se = purse

**(女用)皮包**

Mrs. Smith put the wallet in her **purse**.
史密斯太太把皮夾放進皮包裡了。

pur + pose = purpose

**目的**

What is the **purpose** of this meeting?
這次會議的目的是什麼？

pur + chase = purchase

**購買**

Tiffany **purchased** a new diamond ring.
蒂芬妮買了一枚新鑽戒。

cur + rent = current

**當前的**

Do you have the **current** time? 你知道現在的時間嗎？

cur + ren + cy = currency

**貨幣**

Do you know which the strongest **currency** in the world is? 你知道世界上最強勢的貨幣是什麼嗎？

cur + ve = curve

**曲線**

Draw a **curve**, Tracy. 翠西，畫一條曲線。

259

# s [s]

| se- [sɛ]，字首，表示「分離」之意 | serve [sɝv] 服務 | some [sʌm] 一些 |
|---|---|---|
| second 第二<br>secondary 第二的<br>secondhand 二手的<br>secretary 祕書<br>section 分段<br>sector 扇形<br>sell 賣出<br>send 送出<br>sense 感覺<br>sentence 句子<br>several 幾個、數個 | server 伺服器<br>service 服務<br>serviette 餐巾<br>servile 屈從的<br>servant 僕人 | sometimes 有時候<br>sometime 某次、將有一次<br>someday 將有一天<br>somehow 以某種方法<br>somewhat 有點 |

# sh [ʃ]

| -ship [ʃɪp]，名詞字尾，表示「狀態、特質、身分」之意 | show [ʃo] 展示 | short [ʃɔrt] 短的 |
|---|---|---|
| championship 錦標賽<br>citizenship 公民身分<br>fellowship 交情<br>hardship 艱困<br>leadership 領導職位<br>membership 會員資格<br>ownership 所有權<br>partnership 合夥公司<br>relationship 關係 | showcase 展示櫃<br>showpiece 展示品<br>showroom 陳列室<br>showtime 表演時間<br>trade show 貿易展 | shorts 短褲<br>shortage 短少、不足<br>shortcoming 缺點<br>shorten 使減少<br>shorthand 速記<br>shortly 簡短地<br>shortsighted 近視的<br>short-term 短期的 |

# t [t]

| -ent [ənt]，形容詞字尾，有「在…狀態的、有…性質的」之意 | -ent [ənt]，名詞字尾，有「做…動作的人或物」之意 | -ate [et]，字尾，有「成為、與…相關」之意 |
|---|---|---|
| abs**ent** 缺席的<br>anci**ent** 古代的<br>confid**ent** 自信的<br>conveni**ent** 方便的<br>dilig**ent** 勤勉的<br>excell**ent** 傑出的<br>intellig**ent** 聰明的<br>pati**ent** 容忍的<br>pres**ent** 在場的<br>sil**ent** 寧靜的 | ag**ent** 代理商<br>correspond**ent** 通信者<br>par**ent** 雙親之一<br>presid**ent** 董事長<br>resid**ent** 居民<br>respond**ent** 回答者<br>stud**ent** 學生 | appreci**ate** 感謝<br>associ**ate** 聯合、結合<br>candid**ate** 候選人<br>celebr**ate** 慶祝<br>consider**ate** 體諒的<br>d**ate** 日期<br>determin**ate** 確定的<br>fortun**ate** 幸運的<br>passion**ate** 熱情的<br>priv**ate** 私人的 |

# th [θ]

-th [θ]，名詞字尾，表示「性質、狀態」之意

| | |
|---|---|
| clo**th** 布料<br>dea**th** 死亡<br>dear**th** 缺乏<br>dep**th** 深度<br>ear**th** 地球<br>fil**th** 汙穢<br>heal**th** 健康 | leng**th** 長度<br>ma**th** 數學<br>nor**th** 北方<br>streng**th** 力量<br>tru**th** 真實<br>warm**th** 溫暖<br>wid**th** 寬度 |

# th [θ]

**-th [θ]，字尾，表示「序數」之意**

| | |
|---|---|
| four 四 → four**th** 第四 | seventeen 十七 → seventeen**th** 第十七 |
| five 五 → fif**th** 第五 | eighteen 十八 → eighteen**th** 第十八 |
| six 六 → six**th** 第六 | nineteen 十九 → nineteen**th** 第十九 |
| seven 七 → seven**th** 第七 | twenty 二十 → twentie**th** 第二十 |
| eight 八 → eigh**th** 第八 | thirty 三十 → thirtie**th** 第三十 |
| nine 九 → nin**th** 第九 | forty 四十 → fortie**th** 第四十 |
| ten 十 → ten**th** 第十 | fifty 五十 → fiftie**th** 第五十 |
| eleven 十一 → eleven**th** 第十一 | sixty 六十 → sixtie**th** 第六十 |
| twelve 十二 → twelf**th** 第十二 | seventy 七十 → seventie**th** 第七十 |
| thirteen 十三 → thirteen**th** 第十三 | eighty 八十 → eightie**th** 第八十 |
| fourteen 十四 → fourteen**th** 第十四 | ninety 九十 → ninetie**th** 第九十 |
| fifteen 十五 → fifteen**th** 第十五 | hundred 一百 → hundred**th** 第一百 |
| sixteen 十六 → sixteen**th** 第十六 | |

# u 重音節 [ʌ]

| under [ʌdɚ] 在…之下 | up [ʌp] 向上 |
|---|---|
| **under**age 在法定年齡之下 | **up**date 更新資訊 |
| **under**charge 索價過低 | **up**end 倒立 |
| **under**cover 祕密進行的 | **up**grade 提高…等級 |
| **under**go 忍受、經歷 | **up**hold 支持 |
| **under**line 底線 | **up**on 在…之上 |
| **under**pass 地下道 | **up**per 較高的 |
| **under**stand 了解 | **up**right 直立的 |
| **under**wear 內衣 | **up**set 心煩的 |

## u子e [ju]

| use [jus]（名詞）使用<br>use [juz]（動詞）使用 | -sume [sjum]，字尾，<br>表示「拿、使用」之意 |
|---|---|
| **use**d 用過的<br>**use**d to 過去經常<br>**use**ful 有用的<br>**use**fully 有用地<br>**use**fulness 有用<br>**use**less 無用的<br>**use**lessly 無用地<br>**use**lessness 無用<br>**use**r 使用者 | as**sume** 認為<br>con**sume** 消耗<br>pre**sume** 假定<br>re**sume** 重新開始<br>sub**sume** 包含 |

## u開頭 [ju]

| uni- [junɪ]，字首，表示<br>「單一、統一」之意 | uni- [junɪ]，字首，表示<br>「單一、統一」之意 |
|---|---|
| **uni**cycle 單輪車<br>**uni**fy 統一<br>**uni**sex 不分性別的<br>**uni**son 一致、調和 | **uni**on 同盟、工會<br>**uni**onist 工會會員<br>**uni**onize 組織工會<br>**uni**que 獨一無二的 |

## ur [ɚ] [ɝ]

| sur- [sɚ]，字首，表示<br>「過、超過、之上」之意 | sur- [sɝ]，字首，表示<br>「過、超過、之上」之意 |
|---|---|
| **sur**mise 臆測<br>**sur**mount 克服、征服<br>**sur**prise 意外之事<br>**sur**prised 驚喜的<br>**sur**vey 統計調查<br>**sur**vive 倖存<br>**sur**vivor 生還者 | **sur**f 衝浪<br>**sur**face 表面<br>**sur**fboard 衝浪板<br>**sur**geon 外科醫生<br>**sur**gery 外科手術<br>**sur**name 姓<br>**sur**plus 過剩的<br>**sur**tax 附加稅 |

## 學會自然發音

字母 **V**

發音符號 [v]

### Rap記憶口訣

# 吸血鬼 vampire
# [ v v v ]

### 發音規則

字母 v 通常唸成 [v]

### 用故事記發音規則

v 小妹總是在拍照的時候，做出勝利的手勢（v），所以 v 總是唸成 [ v ]。

### 聽rap記單字

一邊聽 rap，一邊注意字母 v [v] 的發音，就能很快把單字記住喔！

| | | |
|---|---|---|
| 1 | **v**endor 小販 | 字母 v，[vvv]，字母 e，[εεε]，v.e v.e，[vε vε vε]，vendor |
| 2 | deli**v**er 運送 | 字母 v，[vvv]，e.r e.r，[ɚɚɚ]，v.e.r v.e.r，[vɚ vɚ vɚ]，deliver |
| 3 | **v**inegar 醋 | 字母 v，[vvv]，字母 i，[ɪɪɪ]，v.i v.i，[vɪ vɪ vɪ]，vinegar |
| 4  | **v**an 箱型車 | 字母 v，[vvv]，字母 a，[æææ]，v.a v.a，[væ væ væ]，van |

264

## vendor 小販

| | | |
|---|---|---|
| **ve**getable | [ˋvɛdʒətəb!] | 蔬菜 |
| **ve**ry | [ˋvɛrɪ] | 非常地 |
| **ve**st | [vɛst] | 背心 |

**ve**getable

## deli**ver** 運送

| | | |
|---|---|---|
| ri**ver** | [ˋrɪvɚ] | 河流 |
| o**ver** | [ˋovɚ] | 越過 |
| sil**ver** | [ˋsɪlvɚ] | 銀 |

ri**ver**

# V [v]

## **vi**negar 醋

| | | |
|---|---|---|
| **vi**ctory | [ˋvɪktərɪ] | 勝利 |
| **vi**deo | [ˋvɪdɪ͵o] | 錄影帶、影片 |
| **vi**llage | [ˋvɪlɪdʒ] | 村莊 |

**vi**ctory

## **va**n 箱型車

| | | |
|---|---|---|
| **Va**lentine | [ˋvæləntaɪn] | 情人節 |
| **va**lley | [ˋvælɪ] | 山谷 |
| **va**luable | [ˋvæljuəb!] | 有價值的 |

**Va**lentine

**用聽的記單字，不用背就記的住！**

veg + table = vegetable

蔬菜　Kids don't like **vegetables**. 小孩子不喜歡蔬菜。

ver + y = very

非常地　Nicole is **very** beautiful. 妮可非常美麗。

ves + t = vest

背心　Henry is wearing a blue **vest**. 亨利穿著一件藍色背心。

ri + ver = river

河流　I enjoy beautiful **river** scenery. 我欣賞美麗的河景。

o + ver = over

越過　The plane flies **over** the sea. 飛機飛越海洋。

sil + ver = silver

銀　Celia has a **silver** necklace. 席莉亞有條銀項鍊。

vic + tor + y = victory

勝利　Our team had a **victory**. 我們隊伍勝利了。

vid + e + o = video

錄影帶、影片　Elisa uses **videos** to learn English.
伊麗莎利用影片學英文。

vil + lage = village

村莊　They live in a **village**. 他們住在村莊裡。

Val + en + tine = Valentine

情人節　Happy **Valentine's** Day! 情人節快樂！

val + ley = valley

山谷　We went to Napa **Valley** last weekend.
我們上個週末去了那帕谷。

val + u + able = valuable

有價值的　Jason bought his girlfriend a **valuable** ruby ring.
傑生買了貴重的紅寶石戒指給女朋友。

267

## 學會自然發音

**字母 W**
**發音符號 [w]**

**Rap記憶口訣**

# 我我我…口吃的烏鴉
# [ W W W ]

### 發音規則

字母 w 通常唸成 [w]

### 用故事記發音規則

w 小弟提起勇氣跟喜歡的女生告白：「w…w…我好喜歡妳喔～」，所以 w 唸 [w]。

### 聽rap記單字

一邊聽 rap，一邊注意字母 w [w] 的發音，就能很快把單字記住喔！

**1 waiter 服務生**
字母 w，[www]，a.i a.i，[eee]，w.a.i，[we we we]，waiter

**2 work 工作**
字母 w，[www]，o.r o.r，[ɝ ɝ ɝ]，w.o.r，[wɝ wɝ wɝ]，work

**3 sweep 清掃**
字母 w，[www]，e.e e.e，[iii]，w.e.e，[wi wi wi]，sweep

**4 window 窗戶**
字母 w，[www]，字母 i，[ɪɪɪ]，w.i，[wɪ wɪ wɪ]，window

268

## waiter 服務生

| | | |
|---|---|---|
| wait | [wet] | 等待 |
| waitress | [`wetrɪs] | 女服務生 |
| waist | [west] | 腰部 |

wait

## work 工作

| | | |
|---|---|---|
| worker | [`wɝkɚ] | 工人 |
| word | [wɝd] | 文字 |
| world | [wɝld] | 世界 |

worker

# W [w]

## sweep 清掃

| | | |
|---|---|---|
| sweet | [swit] | 甜的 |
| between | [bɪ`twin] | 之間 |
| Halloween | [ˌhɑlə`win] | 萬聖節 |

sweet

## window 窗戶

| | | |
|---|---|---|
| wind | [wɪnd] | 風 |
| win | [wɪn] | 得勝 |
| wing | [wɪŋ] | 翅膀 |

wind

269

用聽的記單字，不用背就記的住！

wai + t = wait

等待　Please **wait** here. 請在此等候。

wai + tress = waitress

女服務生　A **waitress'** job is serving customers.
女服務生的職責就是替顧客服務。

wai + st = waist

腰部　Mom tied an apron around her **waist**.
媽媽把圍裙繫在腰間。

wor + ker = worker

工人　He is a factory **worker**. 他是個工廠工人。

wor + d = word

文字　You misspelled / misspelt this **word**.
這個字你拼錯了。

wor + ld = world

世界　We are living in a **world** of possibilities.
我們活在充滿可能性的世界。

s + weet = sweet

甜的

I prefer bitter chocolate to **sweet** one.
比起甜巧克力，我比較喜歡苦巧克力。

be + tween = between

之間

This is a secret **between** you and me.
這是你我之間的祕密。

Hal + lo + ween = Halloween

萬聖節

We are preparing for **Halloween** party.
我們正在爲萬聖節派對做準備。

win + d = wind

風

Let the cold **wind** blow. 就讓冷風吹吧。

wi + n = win

得勝

Don't **win** the battle but lose the war.
別贏了戰役卻輸掉戰爭。

wi + ng = wing

翅膀

The falcon is spreading its **wings**.
那隻獵鷹正在舒展雙翅。

## 學會自然發音

字母 **wh**
發音符號 **[hw]**

### Rap記憶口訣
# 說什麼話 話話話
## [ hw hw hw ]

### 發音規則

wh 在一起時，唸成 [hw]

### 用故事記發音規則

w 小弟和情敵 h 小弟打架，老師看見了就把他們拉開，說：「有『話』好好說啊～」，所以 wh 唸 [ hw ]。

### 聽rap記單字

一邊聽 rap，一邊注意字母 wh [hw] 的發音，就能很快把單字記住喔！

| | | |
|---|---|---|
| 1 | **wh**ere 哪裡 | w.h，[hw hw hw]，字母 e，[ɛɛ]，<br>w.h.e，[hwɛ hwɛ]，where |
| 2 | **wh**en 何時 | w.h，[hw hw hw]，字母 e，[ɛɛ]，<br>w.h.e，[hwɛ hwɛ]，when |
| 3 | **wh**ite 白色 | w.h，[hw hw hw]，字母 i，[aɪ aɪ]，<br>w.h.i，[hwaɪ hwaɪ]，white |
| 4 | **wh**ale 鯨魚 | w.h，[hw hw hw]，字母 a，[ee]，<br>w.h.a，[hwe hwe]，whale |

## where 哪裡

| anywhere | [ˈɛnɪˌhwɛr] | 任何地方 |
| everywhere | [ˈɛvrɪˌhwɛr] | 到處 |
| somewhere | [ˈsʌmˌhwɛr] | 某處 |

anywhere

## when 何時

| whenever | [hwɛnˈɛvɚ] | 無論何時 |
| wherever | [hwɛrˈɛvɚ] | 無論何處 |
| whether | [ˈhwɛðɚ] | 是否 |

whenever

# wh [hw]

## white 白色

| whiten | [ˈhwaɪtn̩] | 變白 |
| while | [hwaɪl] | 一段時間 |
| whine | [hwaɪn] | 發牢騷 |

whiten

## whale 鯨魚

| what | [hwɑt] | 什麼 |
| who | [hwu] | 誰 |
| why | [hwaɪ] | 為什麼 |

what

273

用聽的記單字，不用背就記的住！

**any + where = anywhere**

任何地方

Did you go **anywhere** this morning?
你今天早上有到任何地方去嗎？

**every + where = everywhere**

到處

The kid follows his mother **everywhere** she goes.
那孩子跟著他媽媽到處走。

**some + where = somewhere**

某處

Let's go out **somewhere**. 我們去哪玩玩吧。

**when + ever = whenever**

無論何時

We can go out **whenever** you want to.
只要你想，我們隨時都可以出門。

**wher + ever = wherever**

無論何處

You can go **wherever** you like. 你愛去哪裡就去哪裡。

**wheth + er = whether**

是否

I don't know **whether** you like carrots.
我不知道你是否喜歡紅蘿蔔。

whi + ten = whiten

變白　Bill is trying to **whiten** his dirty shirt.
比爾正試圖把髒襯衫刷白。

whi + le = while

一段時間　He will be back in a **while**. 他一下子就會回來了。

whi + ne = whine

發牢騷　Don't **whine** about trifles. 別為了小事發牢騷。

wha + t = what

什麼　**What** are you talking about? 你在說什麼？

wh + o = who

誰　**Who** is knocking the door? 誰在敲門？

wh + y = why

為什麼　**Why** are you so sad? 你為什麼這麼傷心？

# 學會自然發音

**字母 X**
**發音符號 [ks]**

### Rap記憶口訣

## 沒有水喝
## 渴死渴死 [ ks ks ks ]

### 發音規則

字母 x 在字尾時，唸成 [ks]

### 用故事記發音規則

x 小弟躲在冰箱後面偷喝『可』爾必『思』，所以 x 在單字的後面唸 [ ks ]。

### 聽rap記單字

一邊聽 rap，一邊注意字母 x [ks] 的發音，就能很快把單字記住喔！

| | | |
|---|---|---|
| 1 | **fax** 傳真機 | 字母 a，[æææ]，字母 x，[ks ks]，a.x a.x，[æks æks]，fax |
| 2 | **fix** 固定 | 字母 i，[ɪɪɪ]，字母 x，[ks ks]，i.x i.x，[ɪks ɪks]，fix |
| 3 | **next** 緊鄰的 | 字母 e，[ɛɛɛ]，字母 x，[ks ks]，e.x e.x，[ɛks ɛks]，next |
| 4 | **box** 箱子 | 字母 o，[ɑɑɑ]，字母 x，[ks ks]，o.x o.x，[ɑks ɑks]，box |

## fax 傳真機

| ax | [æks] | 長柄斧 |
| tax | [tæks] | 稅金 |
| relax | [rɪˋlæks] | 放鬆 |

ax

## fix 固定

| mix | [mɪks] | 混合 |
| six | [sɪks] | 六 |
| sixty | [ˋsɪkstɪ] | 六十 |

mix

## x [ks]

## next 緊鄰的

| text | [tɛkst] | 文本 |
| context | [ˋkantɛkst] | 內容 |
| textbook | [ˋtɛkst͵bʊk] | 教科書 |

text

## box 箱子

| ox | [ɑks] | 公牛 |
| fox | [fɑks] | 狐狸 |
| mailbox | [ˋmel͵bɑks] | 信箱 |

ox

277

用聽的記單字，不用背就記的住！

a + x = ax

長柄斧  He is holding an **ax**. 他拿著一把長柄斧。

t + ax = tax

稅金  Every citizen must pay **taxes**. 每個公民都必須納稅。

re + lax = relax

放鬆  Just **relax** your body. 放鬆你的身體。

m + ix = mix

混合  Jessica **mixed** tomato, cheese, and basil to make a salad.
潔西卡把番茄、起司和羅勒拌成沙拉。

s + ix = six

六  Gina gave me **six** cakes. 吉娜給我六個蛋糕。

six + ty = sixty

六十  Albert is **sixty** years old. 艾伯特今年六十歲。

278

tex + t = text

文本　I am searching for the full **text**. 我正在搜尋全文。

con + **text** = con**text**

內容　You can get an idea from its **context**.
你可以從上下文略知端倪。

**text** + book = **text**book

教科書　I am reading an English **textbook**.
我在讀一本英文教科書。

o + x = o**x**

公牛　Can you tell the difference between an **ox** and a cow?
你能分辨公牛和乳牛有什麼不同嗎？

f + **ox** = f**ox**

狐狸　The dog looks like a **fox**. 那隻狗看起來很像狐狸。

mail + **box** = mail**box**

信箱　I go to my **mailbox** every morning.
我每天早上都去信箱收信。

# v [v]

## over [ovɚ] 超過、在…之上

- **over**act 誇張、誇大
- **over**all 全面的
- **over**charge 索價過高
- **over**coat 大衣、外套
- **over**come 戰勝／克服
- **over**crowd 過度擁擠
- **over**draw 透支
- **over**dress 過度裝飾
- **over**due 過期未付
- **over**flow 溢出
- **over**head 在頭上
- **over**heat 使過熱
- **over**load 超載
- **over**look 漏看
- **over**night 過夜的
- **over**pass 天橋
- **over**seas 在海外
- **over**see 管理、監督
- **over**sleep 睡過頭
- **over**take 追過
- **over**time 加班
- **over**-weight 超重
- **over**whelm 壓倒、勝過
- **over**work 工作過度

## -ive [ɪv]，字尾，表示「有…性質、有…傾向」之意

- act**ive** 活動的
- addict**ive** 上癮的
- addit**ive** 附加的
- adject**ive** 形容詞
- aggress**ive** 積極的
- capt**ive** 被俘虜的
- collect**ive** 集體的
- communicat**ive** 交際的
- competit**ive** 競爭的
- decorat**ive** 裝飾的
- deduct**ive** 推論的／演譯的
- defect**ive** 有缺陷的
- defens**ive** 防禦的
- educat**ive** 教育的
- effect**ive** 有效的
- explos**ive** 爆炸物、炸藥
- impress**ive** 令人印象深刻的
- nat**ive** 天生的
- negat**ive** 負面的
- object**ive** 客觀的
- pass**ive** 被動的
- posit**ive** 正面的
- relat**ive** 有關係的、親戚
- subject**ive** 主觀的

# w [w]

| -ward [wɚd]，字尾，表示「向…的」之意 | water [ˋwɔtɚ] 水 | with [wɪθ] 與…、帶有…、跟…反對 |
|---|---|---|
| afterward 後來<br>awkward 笨拙的<br>backward 向後的<br>eastward 向東的<br>homeward 向家的<br>inward 向內的<br>onward 向前的<br>outward 向外的<br>upward 向上的<br>windward 迎風的 | waterfall 瀑布<br>watermelon 西瓜<br>watercolor 水彩<br>watermark 浮水印<br>waterpower 水力<br>waterproof 防水的<br>watery 水的<br>freshwater 淡水的<br>underwater 水面下的 | without 缺、沒有<br>withdraw 領出、提款<br>withhold 抑制<br>within 在…之內<br>withstand 反對、抗拒<br>forthwith 立刻<br>herewith 附呈、隨函 |

# x [ks]

ex- [ɪks]，字首，表示「出、外邊、超過」之意

except 除了…之外
exit 出口
expect 預計
expensive 昂貴的
experience 經驗
explain 解釋
express 表達

281

## 學會自然發音

**字母 y**
**發音符號 [j]**

### Rap記憶口訣
# 老爺爺的爺 [ j j j ]

### 發音規則
字母 y 在音節的開頭，唸成 [j]

### 用故事記發音規則
y 小妹跑到老『爺爺』前面，所以 y 在字首的時候唸成 [ j ]。

### 聽rap記單字
一邊聽 rap，一邊注意字母 y [j] 的發音，就能很快把單字記住喔！

| | | |
|---|---|---|
| 1  | youth 青年 | 字母 y，[jjj]，o.u o.u，[uuu]，y.o.u y.o.u，[ju ju ju]，youth |
| 2 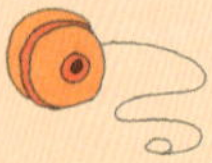 | yo-yo 溜溜球 | 字母 y，[jjj]，字母 o，[ooo]，y.o y.o，[jo jo jo]，yo-yo |
| 3 | yellow 黃色 | 字母 y，[jjj]，字母 e，[εεε]，y.e y.e，[jɛ jɛ jɛ]，yellow |
| 4  | yacht 遊艇 | 字母 y，[jjj]，字母 a，[ɑɑɑ]，y.a y.a，[jɑ jɑ jɑ]，yacht |

## youth 青年

| you | [ju] | 你 |
| yo**u**r | [jur] | 你的 |
| yours | [jurz] | 你的東西 |

## yo-yo 溜溜球

| yo | [jo] | 唷！ |
| yogurt | [ˋjogɚt] | 優酪乳 |
| yoga | [ˋjogə] | 瑜伽 |

# y [j]

## yellow 黃色

| yell | [jɛl] | 吼叫 |
| yet | [jɛt] | 尚未 |
| yes | [jɛs] | 是的 |

## yacht 遊艇

| yard | [jɑrd] | 庭院 |
| yarn | [jɑrn] | 紗線 |
| yahoo | [ˋjɑhu] | 野蠻人 |

283

## 用聽的記單字，不用背就記的住！

y + ou = you

**你** How are **you**? 你好嗎？

you + r = your

**你的** This is **your** book. 這是你的書。

you + rs = yours

**你的東西** The book is **yours**. 這本書是你的。

y + o = yo

**唷！** **Yo**! Angela! 唷！安琪拉！

yo + gurt = yogurt

**優酪乳** **Yogurt** is a fermented milk product.
優酪乳是經過發酵的乳製品。

yo + ga = yoga

**瑜伽** I have to buy a **yoga** mat. 我得去買個瑜伽墊。

yel + l = yell

**吼叫** Don't **yell** at me. 別對我大吼大叫。

ye + t = yet

**尚未** I haven't done my homework **yet**. 我功課還沒做完。

ye + s = yes

**是的** **Yes**, you are right. 是的，你是對的。

yar + d = yard

**庭院** The apple trees are in the **yard**. 蘋果樹在庭院裡。

yar + n = yarn

**紗線** Mom knits handkerchiefs from **yarn**.
媽媽用紗線織手帕。

ya + hoo = yahoo

**野蠻人** He is definitely a **yahoo**. 他真是個野蠻人。

285

## 學會自然發音

**字母 y**
**發音符號 [aɪ]**

### Rap記憶口訣

鳥會飛 很不賴
fly fly fly [ aɪ aɪ aɪ ]

### 發音規則

y 在重音節字尾時，唸成 [aɪ]

### 用故事記發音規則

y 小妹吊車尾考最後一名，真失『敗』，所以 y 在字尾唸 [ aɪ ]。

### 聽rap記單字

一邊聽 rap，一邊注意字母 y [aɪ] 的發音，就能很快把單字記住喔!

**1 guy** 小伙子
字母 u，不發音，字母 y，[aɪ aɪ aɪ]，
u.y u.y，[aɪ aɪ aɪ]，guy

**2 recycle** 回收
字母 c，[sss]，字母 y，[aɪ aɪ aɪ]，
c.y c.y，[saɪ saɪ saɪ]，recycle

**3 dryer** 烘乾機
字母 r，[rrr]，字母 y，[aɪ aɪ aɪ]，
r.y r.y，[raɪ raɪ raɪ]，dryer

**4 July** 七月
字母 l，[lll]，字母 y，[aɪ aɪ aɪ]，
l.y l.y，[laɪ laɪ laɪ]，July

## guy 小伙子
| | | |
|---|---|---|
| b**uy** | [baɪ] | 買 |
| b**uy**er | [ˋbaɪɚ] | 買家 |
| b**y** | [baɪ] | 藉由 |

buy

## rec**y**cle 回收
| | | |
|---|---|---|
| sh**y** | [ʃaɪ] | 害羞 |
| sk**y** | [skaɪ] | 天空 |
| st**y**le | [staɪl] | 款式 |

shy

## y [aɪ]

## dr**y**er 烘乾機
| | | |
|---|---|---|
| dr**y** | [draɪ] | 烘乾 |
| cr**y** | [kraɪ] | 哭泣 |
| tr**y** | [traɪ] | 嘗試 |

dry

## Ju**ly** 七月
| | | |
|---|---|---|
| app**ly** | [əˋplaɪ] | 申請 |
| imp**ly** | [ɪmˋplaɪ] | 暗示 |
| re**ly** | [rɪˋlaɪ] | 依賴 |

apply

**用聽的記單字，不用背就記的住！**

b u + y = buy

買　Mom, can you **buy** me a doll?
媽媽，可以買洋娃娃給我嗎？

buy + er = buyer

買家　He is a generous **buyer**. 他是個很慷慨的買家。

b + y = by

藉由　I go to school **by** train. 我搭火車上學。

sh + y = shy

害羞　Don't be **shy**! 別害羞！

sk + y = sky

天空　A bird is flying in the **sky**. 鳥兒在天空飛。

sty + le = style

款式　The **style** of this skirt is very nice.
這件裙子的款式很不錯。

288

d + ry = dry

烘乾　**Dry** your hair right now. 馬上把頭髮吹乾。

c + ry = cry

哭泣　The baby is **crying**. 小寶寶在哭泣。

t + ry = try

嘗試　Do you decide to **try** again? 你決定要再試一次嗎？

ap + ply = apply

申請　I've **applied** for the job. 我申請了這個職位。

im + ply = imply

暗示　Her silence **implies** anger. 她的沉默暗示著憤怒。

re + ly = rely

依賴　You should not **rely** on your parents. 你不該依賴父母。

## 學會自然發音
### 字母 y
### 發音符號 [ɪ]

**Rap記憶口訣**

# 快樂的小狗名叫黑皮
# [ɪ ɪ ɪ]

**發音規則**

字母 y 在弱音節時，唸成 [ɪ]

**用故事記發音規則**

y 小妹有一隻 puppy 叫做 Happy，所以 y 有時會唸成 [ɪ]。

**聽rap記單字**

一邊聽 rap，一邊注意字母 y [ɪ] 的發音，就能很快把單字記住喔!

|  |  |  |
|---|---|---|
| 1  | **pretty** 美麗的 | 字母 t，[ttt]，字母 y，[ɪɪɪ]，t.y t.y，[tɪ tɪ tɪ]，pretty |
| 2 | **lady** 女士 | 字母 d，[ddd]，字母 y，[ɪɪɪ]，d.y d.y，[dɪ dɪ dɪ]，lady |
| 3  | **lovely** 可愛的 | 字母 l，[lll]，字母 y，[ɪɪɪ]，l.y l.y，[lɪ lɪ lɪ]，lovely |
| 4 | **puppy** 小狗 | 字母 p，[ppp]，字母 y，[ɪɪɪ]，p.y p.y，[pɪ pɪ pɪ]，puppy |

## pretty 美麗的

| emp**ty** | [ˈɛmptɪ] | 空的 |
| hones**ty** | [ˈɑnɪstɪ] | 誠實 |
| naugh**ty** | [ˈnɔtɪ] | 頑皮的 |

emp**ty**

## la**dy** 女士

| bo**dy** | [ˈbɑdɪ] | 身體 |
| clou**dy** | [ˈklaʊdɪ] | 多雲的 |
| gree**dy** | [ˈgridɪ] | 貪婪的 |

bo**dy**

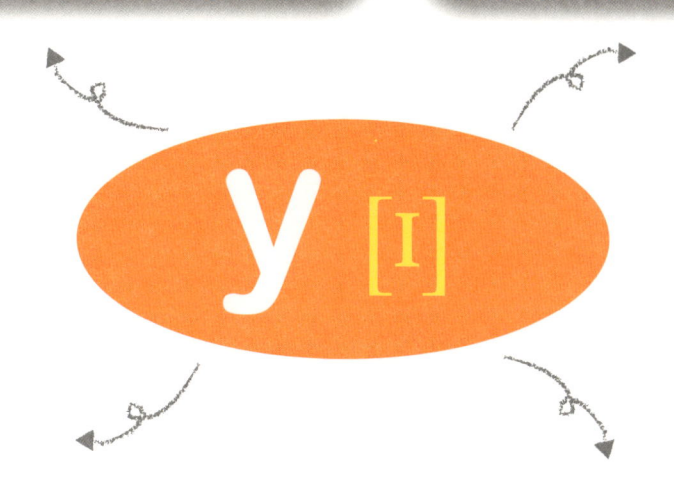

## y [ɪ]

## love**ly** 可愛的

| friend**ly** | [ˈfrɛndlɪ] | 友善的 |
| lone**ly** | [ˈlonlɪ] | 寂寞的 |
| sil**ly** | [ˈsɪlɪ] | 愚笨的 |

friend**ly**

## pup**py** 小狗

| hap**py** | [ˈhæpɪ] | 快樂的 |
| slee**py** | [ˈslipɪ] | 想睡的 |
| co**py** | [ˈkɑpɪ] | 拷貝 |

hap**py**

## 用聽的記單字，不用背就記的住！

emp + ty = empty

空的　I found the bag **empty**. 我發現袋子是空的。

hones + ty = honesty

誠實　Ernest's **honesty** is undoubted.
恩斯特的誠實是不容懷疑的。

naugh + ty = naughty

頑皮的　Tom is a **naughty** boy. 湯姆是個頑皮的男孩。

bo + dy = body

身體　Shake your **body**! 搖動你的身體吧！

clou + dy = cloudy

多雲的　The sky is **cloudy**. 天空是多雲的。

gree + dy = greedy

貪婪的　Helen, don't be so **greedy**. 海倫，別這麼貪心。

friend + ly = friendly

**友善的** Alva is very **friendly**. 艾娃非常友善。

lone + ly = lonely

**寂寞的** The widow feels **lonely**. 那寡婦感到寂寞。

sil + ly = silly

**愚笨的** Don't be **silly**, boy! 小子,別傻了!

hap + py = happy

**快樂的** She is **happy** to wear a new dress. 穿新洋裝讓她很高興。

slee + py = sleepy

**想睡的** Dear, you look **sleepy**. 親愛的,你看起來很想睡覺。

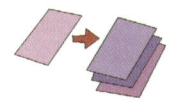

co + py = copy

**拷貝** I need a **copy** of the paper. 我需要一份報告的拷貝。

293

# y [ɪ]

| -ly [lɪ]，副詞字尾，<br>表示「…地」之意 | -ary [ɛrɪ]，字尾，表示<br>「與…有關、有…性質」之意 |
|---|---|
| actual 實際的 → actual**ly** 實際上<br>early 早的 → ear**ly** 早地<br>especial 特別的 → especial**ly** 特別地<br>final 最後的 → final**ly** 終於<br>near 近的 → near**ly** 幾乎<br>one 一 → on**ly** 僅僅、只有<br>real 真的 → real**ly** 真實地 | Febru**ary** 二月<br>imagin**ary** 假想的<br>necess**ary** 必須的<br>ordin**ary** 平常的<br>vocabul**ary** 字彙 |

# y [ɪ]

| -y [ɪ]，形容詞字尾，表示「傾向、具有…性質的」 | -y [ɪ]，名詞字尾，表示「性質、狀態、情況、行動結果」之意 |
| --- | --- |
| angry 生氣的 | century 世紀 |
| chubby 豐滿的 | chemistry 化學 |
| easy 容易的 | company 公司 |
| every 每一個的 | country 國家 |
| funny 有趣的 | diary 日記 |
| healthy 健康的 | enemy 敵人 |
| heavy 重的 | envy 羨慕、嫉妒 |
| lucky 幸運的 | geography 地理 |
| many 許多的 | history 歷史 |
| noisy 吵鬧的 | honey 蜂蜜 |
| ready 準備好的 | hurry 倉促 |
| skinny 極瘦的 | scenery 景色 |
| sneaky 偷偷摸摸的 | stationery 文具 |
| snowy 多雪的 | story 故事 |
| sorry 抱歉的 | strawberry 草莓 |
| sunny 晴朗的 | |
| windy 多風的 | |
| yummy 美味的 | |

## 學會自然發音

字母 **Z**

發音符號 [z]

**Rap記憶口訣**

# 斑馬和蚊子叫聲一樣
## [ ZZZ ]

066-1

### 發音規則

字母 z 通常都唸成 [z]。

### 用故事記發音規則

z 小弟一天到晚打瞌睡(z)，所以 z 唸成 [ z ]。

### 聽rap記單字

一邊聽 rap，一邊注意字母 z [z] 的發音，就能很快把單字記住喔!

066-2

| | | |
|---|---|---|
| 1 **crazy** 瘋狂的 | | 字母 z，[zzz]，字母 y，[ɪɪɪ]，<br>z.y z.y，[zɪ zɪ zɪ]，crazy |
| 2 **zebra** 斑馬 | | 字母 z，[zzz]，字母 e，[iii]，<br>z.e z.e，[zi zi zi]，zebra |
| 3 **size** 尺寸 | | 字母 i，[aɪ aɪ aɪ]，字母 z，[zzz]，<br>i.z i.z，[aɪz aɪz aɪz]，size |
| 4 **freezer** 冷凍庫 | | e.e e.e，[iii]，字母 z，[zzz]，<br>e.e.z e.e.z，[iz iz iz]，freezer |

## crazy 瘋狂的

| di**zy** | [ˋdɪzɪ] | 頭暈的 |
| co**zy** | [ˋkozɪ] | 舒適的 |
| la**zy** | [ˋlezɪ] | 懶惰的 |

di**zzy**

## zebra 斑馬

| **z**ero | [ˋzɪro] | 零 |
| **z**oo | [zu] | 動物園 |
| **z**ipper | [ˋzɪpɚ] | 拉鍊 |

**z**ero

# Z [z]

## size 尺寸

| emphas**ize** | [ˋɛmfə͵saɪz] | 強調 |
| apolog**ize** | [əˋpɑləˏdʒaɪz] | 道歉 |
| real**ize** | [ˋrɪəˏlaɪz] | 發覺 |

emphas**ize**

## freezer 冷凍庫

| br**ee**ze | [briz] | 微風 |
| sn**ee**ze | [sniz] | 打噴嚏 |
| squ**ee**ze | [skwiz] | 擠壓 |

br**ee**ze

**用聽的記單字，不用背就記的住！**

diz + zy = dizzy

頭暈的  I feel **dizzy**. 我覺得頭暈。

co + zy = cozy

舒適的  Do you feel **cozy**? 你覺得舒適嗎？

la + zy = lazy

懶惰的  Teachers don't like **lazy** students.
老師不喜歡懶惰的學生。

ze + ro = zero

零  There are three **zeros** in 2000. 在2000中有三個零。

z + oo = zoo

動物園  Peter and Peggy went to the **zoo** this morning.
彼得和佩姬今天早上去了動物園。

zip + per = zipper

拉鍊  I want a simple bag with a **zipper**.
我想要一個簡單、有拉鍊的袋子。

298

em + pha + siz(e) = emphasize

強調　He **emphasizes** the importance of being on time.
他強調準時的重要性。

a + pol + o + giz(e) = apologize

道歉　I **apologize** for the error. 我為我的失誤道歉。

rea + liz(e) = realize

發覺　He doesn't **realize** that his wife is asleep.
他沒發現他太太已經睡著了。

b + ree + z(e) = breeze

微風　Do you feel the **breeze**? 你感覺到這微風嗎？

s + nee + z(e) = sneeze

打噴嚏　I **sneeze** a lot. 我常常打噴嚏。

s + quee + z(e) = squeeze

擠壓　Zona **squeezed** some juice from an orange.
若娜從柳丁裡擠出汁來。

299

# 索引 Index

＊藍色字為教育鑑國中英文單字 2000 內之單字

## A

aboard ..................... 196
abroad ..................... 196
absent ...................... 261
acceptable ................ 66
accuse ..................... 252
across ....................... 66
action ....................... 171
active ....................... 280
actors ...................... 229
actual ...................... 294
actually .................... 294
addictive ................. 280
additive ................... 280
address ..................... 90
adds ........................ 228
adjective ................. 280
adjoin ...................... 201
adjust ...................... 123
adult .......................... 71
adulthood ............... 199
advertisement ....... 194
advice ................ 59, 69
affordable ................ 66
afterwards .............. 281
again ......................... 66
age .......................... 101
agent ...................... 261
aggressive .............. 280
ago .......................... 163
ahead ....................... 66
air ............................. 23
airlines ..................... 23

airmail ...................... 23
airplane .................... 23
airport ...................... 23
alarm ........................ 68
albums .................... 229
alike .......................... 66
alive ......................... 66
all ............................. 35
almost ...................... 67
alone ........................ 66
along ...................... 155
aloud ........................ 66
alphabet ................. 207
already ..................... 67
also .......................... 67
altogether .......... 67, 245
always ...................... 67
ambulance ............... 67
ancient ................... 261
anger ....................... 87
angry ...................... 295
annoy ..................... 191
another .................. 245
anybody ................... 68
anything ................. 241
anywhere ............... 273
apartment ................ 68
apologize ............... 297
apply ...................... 287
appreciate .............. 261
are ........................... 39
argue ....................... 39
arm .................... 39, 68
armchair ............ 23, 68
army ........................ 68

around ...................... 66
arrive ...................... 113
artist ........................ 38
ask ......................... 126
asleep ...................... 66
assistance ............... 67
assistant .................. 67
associate ............... 261
assume .................. 263
attention ................ 171
August ..................... 35
autumn .................... 34
available .................. 66
away ........................ 43
awkward ................ 281
ax ........................... 277

## B

baby ........................ 47
babyhood .......... 47, 199
bachelorhood ........ 199
back .......................... 15
back-door ............. 196
backpack ............... 202
backward .............. 281
bacteria .................... 15
bad ........................... 10
badminton ............... 11
badness ................. 194
bag ........................... 14
bake ......................... 46
bakery ...................... 47
balance .................... 15

300

| | | |
|---|---|---|
| balcony ..................... 11 | beer ............................ 79 | black ........................ 130 |
| bald ........................... 35 | before ....................... 68 | blackboard ............... 131 |
| ball ..................... 34, 67 | beg ............................ 47 | blank ........................ 131 |
| balloon ..................... 31 | begin .......................... 68 | blanket ..................... 131 |
| banana ..................... 30 | beginner ..................... 68 | block ........................ 159 |
| band ......................... 11 | beginning .................. 68 | blouse ...................... 187 |
| bank ......................... 15 | behind ....................... 68 | board ....................... 196 |
| bankbook ................ 199 | bell ............................ 47 | boarder .................... 196 |
| barbecue ................... 51 | bellboy ..................... 191 | boarding .................. 196 |
| barber ....................... 86 | belly .......................... 75 | boarding school ....... 198 |
| bare ........................... 27 | belong ..................... 155 | boat .......................... 162 |
| barefoot .................... 26 | below ........................ 68 | body ................... 68, 291 |
| bark ......................... 127 | belt ............................ 75 | boil ............................ 47 |
| base .......................... 67 | bench ........................ 63 | boiled ........................ 47 |
| baseball ............... 35, 67 | bent ........................... 47 | bomb ....................... 159 |
| basement .................. 67 | beside ....................... 68 | book ................. 182, 199 |
| basic ......................... 67 | besides ...................... 68 | bookable .................. 199 |
| basket ....................... 15 | best ........................... 75 | bookbinder .............. 199 |
| basketball ........... 35, 67 | bet ............................. 74 | bookcase .................. 183 |
| bat ............................ 14 | between .............. 68, 269 | bookend ................... 199 |
| bath .......................... 15 | beyond ...................... 68 | booking .................... 199 |
| bathe ....................... 244 | bicycle ....................... 58 | bookkeeper .............. 199 |
| bathroom .......... 179, 198 | big ............................. 97 | bookkeeping ............ 199 |
| beach ........................ 82 | bikini ....................... 109 | booklet ..................... 199 |
| beam ........................ 83 | bill ........................... 109 | bookmark ................ 199 |
| bean ......................... 83 | billboard .................. 196 | bookseller ................ 199 |
| beat .......................... 83 | bin ........................... 109 | bookshop ................. 199 |
| beautiful ................. 120 | bingo ....................... 163 | bookstall .................. 199 |
| because ................... 35 | biology .................... 101 | bookstore ................. 183 |
| become ................... 174 | bird .......................... 117 | bookworm ............... 199 |
| bed ........................... 46 | birth ......................... 117 | bore ......................... 195 |
| bedroom ........... 179, 198 | birthday .............. 68, 116 | boring .............. 155, 195 |
| bee ........................... 78 | biscuit ..................... 108 | boss ........................... 47 |
| beef ........................... 79 | bitter ......................... 87 | bother ...................... 245 |
| been ........................ 150 | bitterness ................ 194 | bottle ....................... 159 |

301

| | | |
|---|---|---|
| bottom ......................... 159 | bus ............................. 249 | care ............................. 27 |
| bow .............................. 187 | business ..................... 194 | careful ................ 27, 120 |
| bowl ............................. 195 | businessman ............... 66 | carefulness ............... 194 |
| bowling ............. 155, 195 | busybody .................... 68 | careless ...................... 27 |
| box ............................... 276 | but ............................. 249 | cargo .......................... 163 |
| boy ................................ 46 | butter ........................... 87 | cartoon ........................ 39 |
| brain ............................. 43 | butterfly ....................... 87 | carve ............................ 39 |
| brainpower ............... 200 | buy ............................. 287 | cash ........................... 233 |
| brave ............................ 43 | buyer .......................... 287 | casual ........................ 225 |
| bread ............................ 46 | by ............................... 287 | cat ................................ 10 |
| breakfast ..................... 47 | | catch ............................ 62 |
| breast .......................... 47 | | cause ........................... 35 |
| breath .......................... 47 | **C** | ceil .............................. 195 |
| breathe ...................... 245 | | ceiling .............. 154, 195 |
| breeze ....................... 297 | | celebrate ................... 261 |
| bridge ......................... 101 | cab ............................... 51 | cell phone ................. 206 |
| bring ........................... 155 | cabbage ....................... 51 | cent .............................. 75 |
| broad .......................... 196 | cafeteria ....................... 51 | center ........................... 75 |
| broadcast .................. 196 | cage ............................ 100 | centimeter ................... 75 |
| broadcaster .............. 196 | cake ............................ 127 | century ...................... 295 |
| broaden ..................... 196 | calculate ...................... 51 | chair ............................. 22 |
| broadminded ........... 196 | call .............................. 135 | challenge .................... 63 |
| brother ....................... 244 | camel .......................... 50 | champion .................... 63 |
| brotherhood ............. 199 | camp ............................ 11 | championship .......... 260 |
| brunch ......................... 63 | can ............................... 11 | chance ........................ 62 |
| bug .............................. 248 | Canada ........................ 30 | channel ....................... 63 |
| build ............................ 195 | cancel ........................ 151 | charge ......................... 69 |
| building ...................... 195 | cancer ........................ 151 | chargeable ................. 69 |
| builds ......................... 229 | candidate ................. 261 | charger ....................... 69 |
| bulletin board .......... 196 | candle ........................ 150 | check ........................... 75 |
| bun .............................. 249 | candy ......................... 151 | checkbook ............... 199 |
| burden ....................... 257 | cap ............................... 11 | cheer ........................... 69 |
| burger ........................ 257 | captive ...................... 280 | cheerful ...................... 69 |
| burn ............................ 256 | car ................................ 38 | cheerleader ............... 69 |
| burst ........................... 257 | card ...................... 39, 69 | cheerless ................... 69 |
| | cardboard ................. 196 | |

302

| | | |
|---|---|---|
| cheers .......................... 69 | civilian ...................... 69 | communication ......... 197 |
| chemistry ................ 295 | civility ....................... 69 | communicative ........ 280 |
| cherry ........................ 75 | civilization ................ 69 | company ................... 295 |
| chess .......................... 74 | civilize ....................... 69 | comparative ............. 197 |
| chessboard ............... 196 | class ........................... 69 | compare ....................... 27 |
| chest .......................... 75 | classical ..................... 69 | compassion ............... 197 |
| chicken ...................... 63 | classmate .................. 69 | compatible ................ 197 |
| child ..................... 62, 69 | classroom .. 69, 179, 198 | compete .................... 197 |
| childbirth .................. 69 | clean ......................... 151 | competitive ............... 280 |
| childcare ................... 69 | clearness ................. 194 | competitor ............... 197 |
| childhood ........... 69, 199 | clock ......................... 159 | complain ................... 171 |
| childish ..................... 69 | cloth ......................... 261 | complaint ................. 197 |
| childless .................... 69 | cloud ......................... 187 | complete ................... 171 |
| childlike ..................... 69 | cloudy ...................... 291 | computer ................. 170 |
| chilly ......................... 63 | coach ......................... 51 | concern .............. 69, 171 |
| chin ............................ 63 | coast ......................... 163 | conditioner .............. 171 |
| China ......................... 31 | coat ............................. 51 | conduct ...................... 71 |
| chocolate ................. 170 | cockroach .................. 50 | confident ................. 261 |
| choice .................. 69, 179 | coconut ...................... 51 | conform ................... 197 |
| choose ...................... 179 | coin ........................... 190 | confuse ...................... 69 |
| chopping board ........ 196 | Coke ........................... 50 | confusion ................. 225 |
| Christmas .................. 31 | coldness .................. 194 | congratulation ........... 69 |
| chubby ..................... 295 | collect ....................... 171 | conjoin ...................... 201 |
| cicada ........................ 59 | collective ................. 280 | conquest ................... 211 |
| cigar ........................... 59 | college ....................... 51 | consider ..................... 69 |
| cigarette .................... 59 | collision ................... 225 | considerate .............. 261 |
| circle .......................... 58 | color .......................... 174 | consume ................... 263 |
| circlet ......................... 59 | colorful ..................... 120 | contact ...................... 159 |
| circular ...................... 59 | combine ................... 197 | context ...................... 277 |
| circus ......................... 59 | come ......................... 175 | continue .............. 69, 252 |
| citizenship ............... 260 | comfortable .............. 66 | contract .................... 159 |
| city ............................. 58 | comic .......................... 51 | control ....................... 69 |
| civic ........................... 69 | comma ........................ 31 | convenient .......... 69, 261 |
| civics ......................... 69 | command .................. 171 | conversation ............. 69 |
| civil ........................... 69 | common ..................... 51 | cook ......................... 182 |

303

| | | |
|---|---|---|
| cookbook ................. 199 | cry .......................... 287 | decorate ..................... 71 |
| cooker ...................... 183 | cube ......................... 51 | decorative ............... 280 |
| cookie ...................... 183 | cultures ................... 229 | decrease .................... 90 |
| cooking .................... 183 | cup ........................... 248 | deductive ................ 280 |
| cool ........................... 135 | cure ........................... 253 | defective .................. 280 |
| copy .......................... 291 | currency ................... 257 | defensive ................. 280 |
| corn .......................... 167 | current ..................... 257 | deform ..................... 197 |
| corner ...................... 167 | curtain ..................... 256 | degree ........................ 90 |
| correspondent ......... 261 | curve ........................ 257 | delicious ............ 90, 108 |
| cotton ....................... 159 | custom ..................... 249 | deliver ............... 90, 264 |
| couch ......................... 63 | customer ................... 87 | department ............... 68 |
| countdown .............. 200 | cut ............................ 249 | department store ....... 68 |
| country .................... 295 | cute ........................... 50 | depend ....................... 90 |
| cover ......................... 175 | | depth ....................... 261 |
| cow ........................... 186 | **D** | describe ..................... 90 |
| cowboy .................... 190 | | desert ......................... 71 |
| cozy .......................... 297 | | design ........................ 90 |
| crab ............................ 54 | dad ............................ 71 | desire ......................... 90 |
| crack .......................... 55 | damage ...................... 71 | desk ............................ 71 |
| cradle ......................... 55 | dance ......................... 70 | dessert ....................... 90 |
| craft ........................... 55 | dancer ........................ 71 | detect ......................... 90 |
| crane .......................... 55 | dare ........................... 26 | determinate ............. 261 |
| crash .......................... 55 | dark .......................... 127 | develop .............. 90, 170 |
| crate ........................... 55 | darkness .................. 194 | diary ........................ 295 |
| crayon ........................ 54 | date .......................... 261 | dictionary ................ 109 |
| crazy ......................... 296 | dawn .......................... 35 | differ .......................... 90 |
| create ......................... 54 | day ............................. 68 | difference .................. 90 |
| creation ..................... 55 | daydream ................. 143 | different .................... 90 |
| creative ..................... 55 | dearth ...................... 261 | difficult ..................... 90 |
| credit card ................. 69 | death ........................ 261 | difficulty ................... 90 |
| crime ......................... 55 | debate ........................ 90 | diffidence .................. 90 |
| cross .................... 54, 66 | December ................... 74 | diffident .................... 90 |
| crowd ........................ 55 | decide ................ 90, 113 | diffuse ....................... 90 |
| crowded .................... 55 | decision ................... 225 | diffusible ................... 90 |
| cruel .......................... 55 | deck ........................... 70 | diffusion .................... 90 |

| | | |
|---|---|---|
| dig ........................... 97 | dollar ....................... 71 | duck........................... 70 |
| diligent ................... 261 | dolphin ..................... 71 | due........................... 253 |
| dine ......................... 195 | donkey .................... 127 | dumb ........................ 71 |
| dining ..................... 195 | door ................. 163, 196 | dumpling ............... 155 |
| dining room ............. 198 | doubt ........................ 90 | |
| diplomat ................. 171 | doubtful .................... 90 | |
| direction ................. 171 | doubtless .................. 90 | |
| dirt ......................... 117 | down ....................... 200 | |

## E

| | | |
|---|---|---|
| dirty ....................... 117 | down payment ......... 200 | each ........................... 82 |
| disabled .................... 90 | downcast ................. 200 | eagle ......................... 83 |
| disadvantage ............. 90 | downer .................... 200 | early ........................ 294 |
| disagree .................... 90 | downfall .................. 200 | earrings ................... 155 |
| disappear .................. 90 | downgrade ............... 200 | earth ....................... 261 |
| disappoint ................. 90 | downhearted ............ 200 | east ........................... 83 |
| disapprove ................ 90 | downhill .................. 200 | eastward ................. 281 |
| disaster ..................... 90 | download ................. 200 | easy ......................... 295 |
| discharge .................. 69 | downplay ................. 200 | eat ............................. 83 |
| discount .................... 90 | downpour ................ 200 | edge ......................... 101 |
| discover ............. 90, 175 | downright ................ 200 | educate ................... 198 |
| discuss ............... 90, 249 | downsize ................. 200 | education ................ 198 |
| discussion ................. 90 | downstairs ......... 23, 200 | educative ................ 280 |
| dish ........................ 108 | downstream ............. 200 | effective................... 280 |
| dishonest .................. 90 | down-to-earth .......... 200 | eight......................... 262 |
| disk ........................ 109 | downtown ................ 200 | eighteen .......... 151, 262 |
| dislike ....................... 90 | downward ................ 200 | eighteenth ............... 262 |
| displeasure .............. 225 | downwind ................ 200 | eighth....................... 262 |
| distance ............. 67, 109 | draw .......................... 34 | eightieth .................. 262 |
| distant ...................... 67 | drawer ....................... 35 | eighty ...................... 262 |
| division ................... 225 | dream ...................... 143 | eld ............................. 91 |
| dizzy ....................... 297 | dress ......................... 90 | elder .......................... 91 |
| dock .......................... 71 | dresser ....................... 90 | elementary school ... 198 |
| doctor ....................... 70 | drive ........................ 113 | elephant .................. 206 |
| dodge ...................... 100 | driver ....................... 113 | eleven ...................... 262 |
| dodge ball ................. 67 | dry .......................... 287 | eleventh .................. 262 |
| dog ........................... 96 | dryer ....................... 286 | emote ...................... 198 |

emotion ................... 198
emphasis.................. 207
emphasize................ 297
employ..................... 191
empower................. 200
emptiness................. 194
empty...................... 291
end........................... 151
enemy...................... 295
energetic.................. 151
energy..................... 100
engine...................... 151
engineer................... 150
English ..................... 233
enjoin....................... 201
enjoy ............... 191, 201
enjoyable ................. 201
enjoyment................ 201
enquire..................... 211
entrance ..................... 67
environment ............ 194
envy......................... 295
erase ..........................91
eraser ........................ 91
errors ....................... 229
especial.................... 294
especially................. 294
every........................ 295
everybody................. 68
everything ............... 241
everywhere ............. 273
exam ........................ 143
example ................... 143
excellent .................. 261
except ...................... 281

excite .............. 113, 195
excited .................... 113
exciting.................... 195
excuse...................... 253
exercise ................... 112
exhaust ................... 195
exhausting .............. 195
exit........................... 281
expect ..................... 281
expensive................. 281
experience .............. 281
explain .................... 281
explosion ................. 224
explosive ................. 280
express..................... 281

# F

face............................ 58
fact............................ 93
factory ...................... 15
fail ........................... 135
fair............................. 22
fairness ................... 194
fall ........................... 134
falsehood ................ 199
family ....................... 92
fan ..................... 15, 66
fancy................. 59, 66
fanlight ..................... 93
fantastic ............. 66, 93
fantasy ..................... 66
far ............................. 39
faraway.................... 39

fare ........................... 27
farewell .................... 27
farm .......................... 39
farmer ...................... 38
fashionable ......... 31, 66
fast............................ 15
fast food ................. 198
fat ............................. 14
fax ........................... 276
February .................. 294
fee............................. 79
feed........................... 79
feel............................ 78
feeling ..................... 155
feet............................ 79
fellowship................ 260
fifteen ............... 79, 262
fifteenth .......... 241, 262
fifth.......................... 262
fiftieth..................... 262
fifty................. 109, 262
fig.............................. 97
fight.......................... 92
fill............................ 109
film.......................... 109
filth......................... 261
fin ........................... 120
final......................... 294
finally ..................... 294
find.......................... 195
finding .................... 195
finds........................ 229
fine ........................... 93
fineness .................. 194
finger............... 87, 120

| | | |
|---|---|---|
| finish ........................ 120 | for ............................ 167 | fortieth..................... 262 |
| fire ............................... 93 | forbear ..................... 197 | fortunate .................. 261 |
| fire door.................... 196 | forbearance............. 197 | forty ................. 167, 262 |
| firepower ................. 200 | forbid....................... 197 | forward..................... 167 |
| firm............................ 117 | fore .......................... 196 | four ........................... 262 |
| first ........................... 116 | forearm .................... 196 | fourteen ............. 79, 262 |
| fish............................. 108 | forecast .................... 196 | fourteenth ........ 241, 262 |
| fisherman............ 66, 233 | forecourt .................. 196 | fourth........................ 262 |
| fit .............................. 120 | foredoom ................. 196 | fox ............................. 277 |
| fitness ...................... 120 | forefather................. 196 | freedom ................... 143 |
| fitting....................... 120 | forefoot.................... 196 | freeze ................. 91, 195 |
| five .................... 93, 262 | forefront .................. 196 | freezer ............... 91, 296 |
| fix ............................. 276 | foreign ..................... 167 | freezing ................... 195 |
| flag .............................. 93 | foreigner .................. 166 | freshwater................ 281 |
| flare ............................ 27 | foreknow ................. 196 | Friday .................. 68, 93 |
| flashlight ................. 233 | foreland ................... 196 | friend ....................... 120 |
| floor.......................... 163 | foresee ..................... 196 | friendly ............ 120, 291 |
| flour.......................... 187 | forest ....................... 166 | friendship ................ 120 |
| flower ....................... 187 | foretell ..................... 196 | fries ............................ 93 |
| flu ................................ 93 | forfeit....................... 197 | Frisbee ....................... 79 |
| flute ............................ 93 | forfend..................... 197 | frog ............................. 92 |
| fly ............................... 92 | forge ........................ 197 | front door ................ 196 |
| fog .............................. 97 | forget ....................... 197 | fry ............................... 93 |
| foggy .......................... 97 | forgetful................... 197 | funny ....................... 295 |
| food .......................... 198 | forgive ..................... 197 | futures ..................... 229 |
| food chain................. 198 | fork .......................... 167 | |
| food poisoning ........ 198 | forlorn ..................... 197 | **G** |
| food processor......... 198 | form ................. 143, 197 | |
| foodstuff .................. 198 | formal ...................... 167 | |
| fool ........................... 135 | format ...................... 197 | gain............................. 66 |
| foolish ...................... 233 | former......................... 87 | gather....................... 245 |
| foot ........................... 182 | formula .................... 197 | gathering ................. 245 |
| football ............. 68, 183 | formulate ................. 197 | general....................... 74 |
| footpath ................... 183 | forsake..................... 197 | generous .................... 75 |
| footprint................... 183 | forthwith.................. 281 | gentle ......................... 75 |

307

gentleman ............................ 66
geography ....................... 295
gesture ................................ 75
giant .................................... 67
girl .................................... 116
glass .................................... 97
glasses ................................ 97
glove ................................... 96
glue ..................................... 97
go ..................................... 162
goal .................................. 163
goat .................................. 163
gold .................................. 120
golden ............................. 120
goldfish ........................... 120
goldsmith ........................ 120
good ................................ 182
goodbye .......................... 183
goodness ............... 183, 194
goods .............................. 183
goose ............................... 178
government .................... 194
grandchildren ................. 120
granddaughter ............... 120
grandfather .................... 120
grandmother ................... 120
grandparents ................... 120
grandson ......................... 120
greedy ............................. 291
green ................................. 79
guard ................................. 97
guess ................................. 97
guest ................................. 97
guidebook ....................... 199
guitar ................................. 96

guy .................................. 286
gyms ............................... 229

# H

hair .................................... 22
hair dresser ....................... 90
haircut ............................... 23
hairdryer ........................... 23
hall .................................. 135
Halloween ....................... 269
ham ................................. 142
hamburger ...................... 143
hammer ............................ 86
hand ................................ 105
handbook ....................... 199
handkerchief .................. 105
handle ............................. 105
hang ...................... 91, 154
hanger .............................. 91
happy .............................. 291
hard .................................. 68
harden .............................. 68
hardly ............................... 68
hardship ......................... 260
hard-working ................... 68
has .................................. 104
head .................................. 66
headache .......................... 67
headquarters .................. 219
health ............................. 261
health food .................... 198
healthy ........................... 295
heart ............................... 121

heartache ....................... 121
heartbeat ....................... 121
heartbreak ..................... 121
heat .................................. 91
heater ............................... 91
heavy .............................. 295
helicopter ...................... 158
hello ............................... 105
help ................................ 105
helpful .................. 105, 120
hen ................................. 104
herewith ........................ 281
high ............................... 121
highway ........................... 43
hill ................................. 104
hip ................................. 105
hippo ............................. 105
history ........................... 295
hit .................................. 105
hobby ............................ 105
hockey ........................... 127
holds .............................. 229
holiday ............................ 68
home .............................. 162
homesick ....................... 163
homeward ..................... 281
homework ..................... 163
honesty ......................... 291
honey ............................ 295
hop ................................ 104
hope .............................. 163
horsepower ................... 200
hospital ......................... 105
hot ................................ 105
hot dog ........................... 97

308

house ...................... 121
housewife ................. 121
housework ................ 121
how ........................... 186
however .................... 187
human ............... 66, 252
humble ..................... 249
humid ....................... 253
humor ...................... 253
humorous .................. 253
hundred ........... 248, 262
hundredth ................ 262
hunger ........................ 87
hungry ..................... 249
hunt ............................ 91
hunter ............... 91, 249
hurry ........................ 295
husband ..................... 31

## I

ice ............................... 69
ice cream .................... 69
icy ............................... 59
ID card ....................... 69
ill .............................. 134
imaginary ................ 294
imagine .................... 101
imply ........................ 287
impolite ................... 121
import ...................... 121
importance ........ 67, 121
important ........... 67, 121
impossible ............... 121

impress .................... 121
impressive .............. 280
improve ................... 121
in .............................. 121
inch .......................... 121
include ..................... 121
income ..................... 175
increase ................... 121
independent ............ 121
indicate ................... 121
indoor ............. 163, 196
influence ................. 121
inform ..................... 143
information ............. 121
inside ....................... 121
insist ....................... 121
inspire ..................... 121
instance .................... 67
instant ....................... 67
instrument .............. 121
intelligent ........ 121, 261
interest .................... 121
interested ................ 121
interesting ............... 121
international ........... 121
Internet ................... 121
interphone .............. 207
interrupt ................. 121
interview ................. 121
into .......................... 121
introduce .................. 90
invent ...................... 121
invitation ................ 198
invite ............. 121, 198
inward .................... 281

## J

jacket ...................... 123
jam .......................... 122
January ................... 123
jazz ......................... 123
jeans ....................... 150
job .......................... 123
jobless .................... 123
jockey ..................... 127
jog .......................... 123
jogger ..................... 122
join ................. 191, 201
joint ........................ 201
jointed .................... 201
journalist .................. 31
joy .................. 191, 201
joy stick .................. 201
joyful ...................... 201
joyless .................... 201
judge ....................... 101
juggle ..................... 123
juice .......................... 59
July ......................... 286
jump ....................... 122
junior high school. 121, 198
junk food ................ 198
just ......................... 123

## K

kangaroo ................. 179
ketchup ..................... 63

309

kill ........................ 135
kilogram ................ 171
kilometer ................ 171
kindness................. 194
kingdom ................ 143
kitchen..................... 63

# L

lack ......................... 19
lady........................ 290
lake ....................... 126
lamp........................ 19
land........................ 18
language ................ 155
lantern .................... 19
late.......................... 67
later ........................ 67
latest ....................... 67
law .................... 35, 91
lawyer..................... 91
lazy ....................... 297
lead ........................ 91
leader...................... 91
leadership .............. 260
lean ...................... 151
left ........................ 131
leg.......................... 130
lemon .................... 131
lend ...................... 131
length.................... 261
library ................... 131
lick ....................... 130
lid ......................... 109

lift......................... 109
light ...................... 131
lightning ............... 131
like................... 66, 112
likelihood .............. 199
likely .................... 113
line ....................... 113
lion ....................... 130
lip ........................ 109
list........................ 131
listen .................... 131
little ..................... 131
live......................... 66
living room............ 198
lock.................. 91, 158
locker...................... 91
logic...................... 101
lone......................... 66
lonely.................... 291
long ..................... 154
loose ..................... 179
lose ........................ 91
loser........................ 91
loud ................ 66, 186
lovely.................... 290
lucky..................... 295

# M

mad........................ 18
madam................... 139
magazine ................ 19
magic.................... 101
magician ............... 100

mail ...................... 135
mailbox ................. 277
mailman.................. 66
make .................... 127
mall ..................... 135
man................... 18, 66
manage ................... 91
manager............ 91, 138
mango.................... 19
manner.................. 139
manpower.............. 200
many .................... 295
map........................ 19
mark ................ 68, 127
marker.................... 68
market.................... 68
marriage ................ 194
married ................. 194
marry ................... 194
mask ...................... 19
master................... 139
mat......................... 19
match..................... 19
math...................... 261
meal ..................... 139
mean .................... 138
meaning................ 139
measure ................ 224
meat...................... 139
medicine ............... 139
meet..................... 195
meeting................. 195
membership........... 260
men...................... 139
men's room ........... 198

310

menu ........................ 138
metal ....................... 139
mice ........................ 113
microphone ............ 207
middle ..................... 139
midnight ................. 139
mile ......................... 112
milk ........................ 138
million .................... 139
mine ........................ 113
mirrors .................... 228
mistake ................... 127
mix .......................... 277
model ...................... 159
modern ................... 159
moment .................. 194
monarch .................. 195
monarchy ................ 195
Monday ............ 68, 175
money ..................... 174
monitor ................... 195
monkey ................... 126
monochrome .......... 195
monocle .................. 195
monograph ............. 195
monolingual ........... 195
monolog ................. 195
monophonic ............ 195
monster ............ 158, 195
monstrous ............... 195
month ..................... 175
monument ............. 195
mop ........................ 159
mother .................... 175
motion .................... 196

motivate .................. 196
motivation ............... 196
motive .................... 196
motor ...................... 196
mouth ..................... 187
movement ............... 194
museums ................ 229

# N

nail .......................... 135
nation ..................... 147
national .................. 146
native ..................... 280
natural .................... 147
nature ..................... 147
naughty .................. 291
near ........................ 294
nearly ..................... 294
necessary ................ 294
neck ........................ 147
necklace .................. 147
negative .................. 280
neighborhood ......... 199
nephew ................... 206
nest ........................ 146
never ...................... 147
new ........................ 194
newborn ................. 194
newcomer ............... 194
newly ..................... 194
news ...................... 194
newsbreak .............. 194
newscast ................. 194

newscaster .............. 194
newsletter ............... 194
newspaper .............. 194
newsworthy ............ 194
next ........................ 276
nice .................... 59, 69
nice-looking ............. 69
nine ................. 146, 262
nineteen .......... 147, 262
nineteenth .............. 262
ninetieth ................. 262
ninety .............. 147, 262
ninth ............... 147, 262
nobody .................... 68
noisy ...................... 295
noose ..................... 179
north ...................... 261
nose ....................... 147
note ....................... 147
notebook ................ 183
nothing .................. 241
notice ............... 69, 146
November ................ 87
now ........................ 187
nuclear power ......... 200

# O

object ..................... 123
objective ................. 280
o'clock .................... 159
October .................... 87
office ....................... 69
officer ...................... 69

311

| | | |
|---|---|---|
| oil .................................. 191 | overcoat ..................... 280 | painful ............. 120, 218 |
| one ................................ 294 | overcome .................. 280 | painkiller ................. 218 |
| onion ........................... 175 | overcrowd ................ 280 | painless .................... 218 |
| only .............................. 294 | overdraw ................... 280 | painstaking ............. 218 |
| onward ........................ 281 | overdress .................. 280 | paint ............................. 91 |
| operate ....................... 198 | overdue ....................... 280 | painter ......................... 91 |
| operation ................... 198 | overflow ..................... 280 | pair ............................... 22 |
| ordinary .................... 294 | overhead .................... 280 | pajamas ....................... 30 |
| other ........................... 174 | overheat ..................... 280 | pan ................................ 11 |
| otherwise .................. 175 | overload ..................... 280 | panda ......................... 203 |
| out ................................ 201 | overlook ..................... 280 | pants .......................... 203 |
| outbreak .................... 201 | overnight ................... 280 | papa ............................. 31 |
| outclass ...................... 201 | overpass ............. 66, 280 | papaya ......................... 30 |
| outcome ..................... 175 | overpower ................ 200 | pardon ......................... 39 |
| outcry ......................... 201 | overseas ..................... 280 | pare .............................. 26 |
| outdated .................... 201 | oversee ....................... 280 | parent ........................ 261 |
| outdoor ...................... 196 | oversleep ................... 280 | parenthood .............. 199 |
| outfield ...................... 201 | overtake ..................... 280 | park .............................. 38 |
| outflow ...................... 201 | overtime .................... 280 | parrot .......................... 15 |
| outgo .......................... 201 | over-weight .............. 280 | part ....................... 39, 68 |
| outing ......................... 201 | overwhelm ................ 280 | partner ........................ 68 |
| outline ........................ 201 | overwork ................... 280 | partnership .............. 260 |
| outlook ....................... 201 | own ............................... 91 | party ..................... 39, 68 |
| out-of-print .............. 201 | owner ........................... 91 | pass ....................... 10, 66 |
| outpatient ................. 201 | ownership ................ 260 | passage ....................... 66 |
| output ......................... 201 | ox ................................ 277 | passenger .................. 66 |
| outside ....................... 201 | | passerby ..................... 66 |
| outstanding .............. 201 | **P** | passionate ............... 261 |
| outward .................... 281 | | passive ...................... 280 |
| outweigh ................... 201 | Pacific ......................... 31 | past .............................. 11 |
| oven ............................ 175 | pack .............................. 14 | pat ................................ 15 |
| over .................... 265, 280 | package ..................... 203 | path .............................. 15 |
| overact ....................... 280 | page ............................ 101 | patient ...................... 261 |
| overall ....................... 280 | pain ............................ 218 | patrol .......................... 31 |
| overcharge ................ 280 | | pattern ........................ 11 |

312

| | | |
|---|---|---|
| peaceful ................... 120 | player ........................ 68 | present ..................... 261 |
| peach ......................... 62 | playground ................ 68 | president .................. 261 |
| pen ........................... 202 | pleasance ................... 67 | presume ................... 263 |
| pencil ....................... 203 | pleasant ..................... 67 | pretty ....................... 290 |
| pepper ...................... 203 | pleasure .................... 225 | price ........................... 69 |
| percept ..................... 218 | pocketbook .............. 199 | primary ...................... 31 |
| percolate .................. 218 | point ........................ 190 | prince ....................... 218 |
| percolator ................ 218 | poison ...................... 191 | princess ................... 218 |
| perfect ..................... 218 | pollute ..................... 198 | principal .................. 218 |
| perfervid .................. 218 | pollution .................. 198 | principle .................. 218 |
| perforate .................. 218 | pool ......................... 134 | private ..................... 261 |
| perform .................... 197 | poor ......................... 162 | private school .......... 198 |
| perfume ................... 218 | popcorn .................... 166 | probably .................... 31 |
| person ...................... 218 | populate ................... 198 | problem ................... 215 |
| personal ................... 218 | population ............... 198 | produce ...................... 90 |
| personality ............... 218 | posit ......................... 198 | production ............... 170 |
| personnel ................. 218 | position .................... 198 | profession ................ 218 |
| pet ............................ 203 | positive .................... 280 | professional ............. 218 |
| phone book .............. 199 | post .......................... 218 | professor .................. 218 |
| photo ....................... 206 | post office ................ 218 | profit ....................... 120 |
| photocopier ............. 207 | postage .................... 218 | project ..................... 123 |
| photocopy ................ 207 | postal ....................... 218 | promise .................... 215 |
| photographer ........... 207 | postcard ..................... 69 | promote ................... 218 |
| phrase ...................... 207 | post-free ................. 218 | promotion ................ 218 |
| physical ................... 207 | postman ................... 218 | pronounce ................ 218 |
| physics ..................... 207 | postmark .................. 218 | pronunciation .......... 218 |
| piano ....................... 147 | postpaid ................... 218 | protect ..................... 218 |
| pick .......................... 203 | power line ................ 200 | protection ................ 218 |
| picnic ....................... 203 | power outage ........... 200 | provide .................... 218 |
| pictures .................... 228 | power station ........... 200 | provider ................... 218 |
| pig .............................. 96 | powerboat ................ 200 | public school .......... 198 |
| pin ........................... 202 | powerful .................. 200 | pump ....................... 203 |
| pink .......................... 203 | powerless ................. 200 | pumpkin .................. 203 |
| platform .................. 142 | practice ...................... 69 | puppet ..................... 202 |
| play ............................ 68 | prepare ...................... 27 | puppy ....................... 290 |

313

purchase ................. 257
purchasing power .... 200
purple ..................... 256
purpose ................... 257
purse ....................... 257
puzzle ..................... 203

## Q

qualification ............ 211
qualified ................. 210
quality .................... 211
quantity .................. 211
quarter .................... 219
quartered ................ 219
quarterfinal ............. 219
quarterly ................. 219
question .................. 210
questionnaire .......... 211
quick ...................... 219
quicken ................... 219
quickly ................... 210
quickness ................ 219
quicksand ............... 219
quiet ....................... 211
quietly .................... 211
quilt ........................ 211
quit ........................ 211
quite ....................... 210
quiz ........................ 211

## R

rabbit ....................... 11

race ......................... 42
rage ......................... 43
railway .................... 43
rain .................. 43, 219
rain forest ............... 219
rainbow .................. 219
raincoat .................. 219
raindrop .................. 219
rainfall .................... 219
rainless ................... 219
rainproof ................. 219
rainstorm ................ 219
rainwater ................ 219
rainy ....................... 219
rap ........................... 11
rapid ........................ 11
rare .......................... 27
rat ............................ 10
rate .......................... 43
react ....................... 219
ready ...................... 295
real ......................... 294
realize .................... 297
really ...................... 294
rebel ....................... 219
recall ...................... 219
receive ................... 219
recharge ................... 69
record ...................... 91
recorder ............ 91, 167
recover ................... 175
rectangle ................ 155
recycle ................... 286
red .......................... 214
reduce ...................... 90

reference book ......... 199
reflect ..................... 219
reform .................... 197
refresh .................... 219
refuse ..................... 219
regret ...................... 219
reject ...................... 122
rejoin ..................... 201
relationship ............ 260
relative ................... 280
relax ....................... 277
rely ........................ 287
remarry .................. 194
remember ............... 219
remind .................... 219
remove ................... 219
renew ..................... 194
renewable .............. 194
renewed ................. 194
rent ........................ 215
repair ....................... 23
repeat ..................... 219
replace ................... 219
report ....................... 91
reporter .................... 91
request ................... 211
resident .................. 261
resign ..................... 219
respect .................... 219
respondent ............. 261
responsible ............ 219
rest ......................... 215
restaurant ............... 215
restroom ................ 198
result ...................... 219

resume ................... 263
retire ...................... 219
return ..................... 257
review ..................... 219
revise ..................... 219
rice ............................ 69
richness .................. 194
ride ......................... 112
ring ......................... 154
river ........................ 265
rob .......................... 214
robot ....................... 215
rock ......................... 215
role ......................... 215
roof ......................... 179
room ............... 178, 198
roomer .................... 198
rooming .................. 198
roommate ............... 198
rooms ..................... 228
roomy ..................... 198
rooster .................... 178
root ......................... 179
rope ........................ 215
rose ........................ 214
round ........................ 66
rub .......................... 215
rubber ..................... 215
rule ........................... 91
ruler .......................... 91
run .......................... 214
rush ........................ 215

# S

sad ............................ 18
sadness ................... 194
safe ......................... 221
salad ......................... 19
sale ......................... 220
salesman ........... 66, 221
same ....................... 221
sand .......................... 19
satisfy ....................... 19
Saturday ................... 68
sauce ........................ 91
saucer ....................... 91
scared ....................... 27
scenery ................... 295
school ............. 135, 198
schoolbook ............. 198
schoolchild ............... 69
schoolhouse ............ 198
schooling ................ 198
schoolmate ............. 198
schoolroom ............. 198
schoolwork ............. 198
scissors ................... 229
scoot ......................... 91
scooter ...................... 91
sea ............................ 83
seafood .............. 83, 198
season ...................... 83
seat ........................... 82
second .................... 260
secondary ............... 260
secondhand ............ 260

secretary ................. 260
sect ......................... 198
section ............. 198, 260
sector ...................... 260
secure ..................... 253
see .......................... 221
seed ........................ 221
seek ........................ 220
seesaw .................... 221
seldom .................... 142
self-doubt ................. 90
selfish ..................... 232
sell .......................... 260
send ........................ 260
senior high school 121, 198
sense ...................... 260
sentence ................. 260
September ................ 87
servant ............... 67, 260
serve ....................... 260
server ...................... 260
service ............... 69, 260
serviette .................. 260
servile ..................... 260
seven ...................... 262
seventeen ......... 151, 262
seventeenth ............ 262
seventh ................... 262
seventieth ............... 262
seventy ................... 262
several .................... 260
shade ...................... 233
shake ...................... 233
shame ..................... 232
shape ...................... 233

315

| | | |
|---|---|---|
| share ........................ 27 | sit ............................ 221 | some ...................... 260 |
| shark ...................... 126 | six .................... 262, 277 | somebody .......... 68, 158 |
| shirt ....................... 117 | sixteen ............. 151, 262 | someday ................. 260 |
| shock ............. 195, 233 | sixteenth ......... 241, 262 | somehow ................ 260 |
| shocking ................. 195 | sixth ...................... 262 | something ............... 240 |
| shop ....................... 233 | sixtieth ................... 262 | sometime ................ 260 |
| shopkeeper ............. 232 | sixty ................. 262, 277 | sometimes .............. 260 |
| short ...................... 260 | size ........................ 296 | somewhat ............... 260 |
| shortage ................. 260 | skate ...................... 127 | somewhere ............. 273 |
| shortcoming ............ 260 | ski .......................... 127 | song ....................... 155 |
| shorten ................... 260 | skill ........................ 135 | sorry ...................... 295 |
| shorthand ............... 260 | skillful .................... 120 | sound ..................... 186 |
| shortly .................... 260 | skin ........................ 127 | sour ....................... 187 |
| shorts ..................... 260 | skinny .................... 295 | south ..................... 187 |
| shortsighted ............ 260 | skirt ....................... 116 | soy ......................... 191 |
| short-term .............. 260 | sky ......................... 287 | soybean ................. 151 |
| shot ....................... 233 | slash ...................... 233 | speak ....................... 91 |
| show ...................... 260 | sleep ........................ 66 | speaker .................... 91 |
| show time .............. 260 | sleepy .................... 291 | square ...................... 26 |
| showcase ................ 260 | slide ....................... 113 | squeeze .................. 297 |
| shower ................... 187 | slip ........................... 91 | stage ...................... 101 |
| showpiece ............... 260 | slippers .................... 91 | stairs ........................ 23 |
| showroom ............... 260 | smile ...................... 113 | state ...................... 198 |
| shy ......................... 287 | snail ....................... 134 | station .................... 198 |
| sick ........................ 221 | sneak ....................... 91 | stationery ............... 295 |
| sidewalk ................... 67 | sneakers ................... 91 | steam ..................... 142 |
| silent ...................... 261 | sneaky .................... 295 | still ......................... 135 |
| silly ........................ 291 | sneeze .................... 297 | stingy ..................... 101 |
| silver ...................... 265 | snowman ................. 66 | stir ......................... 117 |
| sing .......................... 91 | snowy .................... 295 | stomachache ............ 67 |
| singer ....................... 91 | so .......................... 221 | stork ...................... 167 |
| sink ........................ 221 | soda ....................... 221 | storm ..................... 167 |
| sir .......................... 117 | sofa ........................ 220 | stormy ................... 167 |
| sister ...................... 220 | softball ..................... 67 | story ...................... 295 |
| sisterhood ............... 199 | soldier .................... 221 | storybook ............... 199 |

| | | |
|---|---|---|
| strange ....................... 91 | survey ...................... 263 | temple ...................... 236 |
| stranger ..................... 91 | survive ...................... 263 | ten ............................. 262 |
| strawberry ............... 295 | survivor .................... 263 | tennis ....................... 237 |
| stream ...................... 143 | swathe ..................... 245 | tent ........................... 237 |
| street ......................... 79 | sweat ......................... 91 | tenth ......................... 262 |
| strength .................... 261 | sweater ................ 86, 91 | text ........................... 277 |
| student ..................... 261 | sweep ....................... 268 | textbook ................... 277 |
| style .......................... 287 | sweet ....................... 269 | thank ........................ 241 |
| subject ..................... 123 | | thankful ................... 241 |
| subjective ................ 280 | **T** | thanks ...................... 241 |
| subsume ................... 263 | | Thanksgiving ........... 240 |
| subway ...................... 43 | | their .......................... 244 |
| successful ................ 120 | table ........................... 43 | then .......................... 245 |
| suitable ...................... 66 | take ............................ 42 | there ......................... 245 |
| summer ...................... 87 | tale ............................. 43 | therefore .................. 245 |
| sunbathe .................. 245 | talent ........................ 237 | thick .......................... 241 |
| Sunday ....................... 68 | talk ............................. 35 | thickness .................. 194 |
| sunny ....................... 295 | talkative ..................... 35 | thin ........................... 241 |
| supermarket ............... 68 | tall .............................. 34 | thing ......................... 241 |
| superpower .............. 200 | tangerine ................. 236 | think ......................... 240 |
| surcharge ................... 69 | tank .......................... 237 | third .......................... 117 |
| surf ........................... 263 | tape ............................ 43 | thirsty ....................... 117 |
| surface ..................... 263 | tax ............................ 277 | thirteen .............. 78, 262 |
| surfboard ................. 263 | taxi ........................... 237 | thirteenth ......... 240, 262 |
| surgeon .................... 263 | tea .............................. 83 | thirtieth .................... 262 |
| surgery ..................... 263 | teach .......................... 91 | thirty ................. 117, 262 |
| surmise .................... 263 | teacher ................. 82, 91 | three ........................... 78 |
| surmount ................. 263 | team ........................... 83 | three-quarter ........... 219 |
| surname ................... 263 | teapot ......................... 83 | Thursday .................... 68 |
| surpass ...................... 66 | technology ............... 101 | tiger ........................... 86 |
| surplus ..................... 263 | teenager .................... 79 | tire ........................... 195 |
| surprise ............. 195, 263 | telephone ................. 207 | tiredness .................. 194 |
| surprised ................. 263 | television ................. 224 | tiring ........................ 195 |
| surprising ................. 195 | tell ............................ 237 | today ................. 68, 237 |
| surtax ...................... 263 | temperatures ........... 229 | together ................... 244 |

317

| | | |
|---|---|---|
| toilet ...................... 191 | twenty ..................... 262 | up ............................ 262 |
| tomato .................... 236 | twice ......................... 69 | update ..................... 262 |
| tomorrow ................ 237 | typhoon .................. 207 | upend ...................... 262 |
| tonight .................... 237 | | upgrade ................... 262 |
| too ........................... 178 | ## U | uphold ..................... 262 |
| tooth ....................... 179 | | upon ........................ 262 |
| toothache ........... 67, 179 | | upper ....................... 262 |
| toothbrush .............. 179 | unclean ................... 248 | upright ..................... 262 |
| torch ....................... 166 | under .............. 249, 262 | upset ....................... 262 |
| tower ...................... 187 | underage ................. 262 | upstairs ..................... 23 |
| toy ........................... 190 | undercharge ............ 262 | upward .................... 281 |
| trade ....................... 198 | undercover .............. 262 | use ........................... 263 |
| trade show .............. 260 | undergo ................... 262 | used ........................ 263 |
| tradition .................. 198 | underline ................. 262 | used to .................... 263 |
| train .......................... 42 | underpass ... 66, 249, 262 | useful .............. 120, 263 |
| transform ................ 197 | understand .............. 262 | usefully ................... 263 |
| trash ........................ 232 | underwater .............. 281 | usefulness ............... 263 |
| treasure ................... 225 | underwear ............... 262 | useless .................... 263 |
| tree ........................... 79 | unfriendly ................ 120 | uselessly .................. 263 |
| triangle .................... 155 | unhappy .................. 249 | uselessness ............. 263 |
| tricycle ...................... 59 | unicorn .................... 252 | user ......................... 263 |
| truck ........................ 236 | unicycle ................... 263 | usual ....................... 225 |
| trumpet ................... 237 | uniform ................... 143 | usually .................... 225 |
| trunk ....................... 237 | unify ........................ 263 | |
| trust ........................ 237 | union ....................... 263 | ## V |
| truth ........................ 261 | unionist ................... 263 | |
| try ............................ 287 | unionize .................. 263 | |
| T-shirt ..................... 117 | unique ..................... 263 | vacate ..................... 198 |
| Tuesday ............. 68, 253 | unisex ..................... 263 | vacation .................. 198 |
| turkey ..................... 256 | unison ..................... 263 | Valentine ................. 265 |
| turn ......................... 257 | unit .......................... 253 | valley ....................... 265 |
| turtle ....................... 257 | universe .................. 253 | valuable ............. 66, 265 |
| twelfth .................... 262 | university ................ 253 | value ....................... 253 |
| twelve ..................... 262 | unmarried ............... 194 | van .......................... 264 |
| twentieth ................ 262 | unusual ................... 224 | vegetable ................ 265 |

318

vendor ..................... 264
version ..................... 225
very ......................... 265
vest .......................... 265
victory ..................... 265
video ........................ 265
village ...................... 265
vinegar .................... 264
vision ....................... 225
vocabulary .............. 294
voice ................. 69, 191
volleyball ................... 67

## W

waist ........................ 269
wait ........................... 269
waiter ....................... 268
waitress ................... 269
walk ........................... 67
walkman .................... 67
warmth .................... 263
watch ......................... 63
water ........................ 281
watercolor .............. 281
waterfall .................. 281
watermark .............. 281
watermelon ............. 281
waterpower ............ 281
waterproof .............. 281
watery ..................... 281
way ............................ 42
weather ................... 245
wed .......................... 195

wedding ................... 195
Wednesday ............... 68
weekday .................... 68
whale ....................... 272
what ......................... 273
when ........................ 272
whenever ................ 273
where ....................... 272
wherever ................. 273
whether ................... 273
while ........................ 273
whine ....................... 273
white ........................ 272
whiten ..................... 273
who .......................... 273
why .......................... 273
width ....................... 263
win .................... 91, 269
wind ......................... 269
window .................... 268
windward ................ 281
windy ....................... 295
wing ......................... 269
winner ....................... 91
wisdom .................... 143
with .......................... 281
withdraw ................. 281
withhold .................. 281
within ...................... 281
without .................... 281
withstand ................ 281
woman ...................... 66
women's room ........ 198
wonderful ............... 120
word ........................ 269

work ......................... 268
workbook ................ 199
worker ..................... 269
world ....................... 269
write .......................... 91
writer ........................ 91

## Y

yacht ........................ 282
yahoo ....................... 283
yard ......................... 283
yarn ......................... 283
yell ........................... 283
yellow ...................... 282
yes ........................... 283
yesterday .................. 68
yet ............................ 283
yo ............................. 283
yoga ......................... 283
yogurt ...................... 283
you ........................... 283
your ......................... 283
yours ........................ 283
youth ....................... 282
yo-yo ....................... 282
yummy .................... 295

## Z

zebra ....................... 296
zero .......................... 297
zipper ...................... 297
zoo ........................... 297

319

## 台灣廣廈 國際出版集團
Taiwan Mansion International Group

國家圖書館出版品預行編目（CIP）資料

全新！我的第一本自然發音記單字/Dorina, 陳啟欣著. -- 修訂一版. -- 新北市：國際學村出版社, 2025.10
　面；　公分
ISBN 978-986-454-451-6(平裝)

1.CST: 英語 2.CST: 發音

805.141　　　　　　　　　　　　　　　114012930

### 國際學村

## 全新！我的第一本自然發音記單字

| 作　　　　者/Dorina、陳啟欣 | 編輯中心編輯長/伍峻宏・編輯/古竣元 |
| --- | --- |
| | 封面設計/陳沛涓・內頁排版/菩薩蠻數位文化有限公司 |
| | 製版・印刷・裝訂/東豪・弼聖・秉成 |

行企研發中心總監/陳冠蒨
媒體公關組/陳柔彣
綜合業務組/何欣穎

發　行　人/江媛珍
法律顧問/第一國際法律事務所 余淑杏律師・北辰著作權事務所 蕭雄淋律師
出　　版/國際學村
發　　行/台灣廣廈有聲圖書有限公司
　　　　　地址：新北市235中和區中山路二段359巷7號2樓
　　　　　電話：（886）2-2225-5777・傳真：（886）2-2225-8052
讀者服務信箱/cs@booknews.com.tw

代理印務・全球總經銷/知遠文化事業有限公司
　　　　　地址：新北市222深坑區北深路三段155巷25號5樓
　　　　　電話：（886）2-2664-8800・傳真：（886）2-2664-8801
郵政劃撥/劃撥帳號：18836722
　　　　　劃撥戶名：知遠文化事業有限公司（※單次購書金額未達1000元，請另付70元郵資。）

■出版日期：2025年10月　　ISBN：978-986-454-451-6
　　　　　　　　　　　　　　版權所有，未經同意不得重製、轉載、翻印。

Complete Copyright© 2025 by Taiwan Mansion Books Group.
All rights reserved.